KB211173

옥재희의

詩와 평론

복재희의
詩와 평론

2021년 12월 30일 제 1판 인쇄 발행

지 은 이 ㅣ 복재희
펴 낸 이 ㅣ 박종래
펴 낸 곳 ㅣ 도서출판 명성서림

등록번호 ㅣ 301-2014-013
주   소 ㅣ 04552 서울시 중구 삼일대로8길 17 3~4층(충무로 2가)
대표전화 ㅣ 02)2277-2800
팩   스 ㅣ 02)2277-8945
이 메 일 ㅣ ms8944@chol.com

값 15,000원
ISBN 979-11-92075-28-0

복재희의

詩와 평론

필자의 辯

  기실, 문학이라는 현상은 다분히 비합리적이고 감상적일 수도 있다.

  그런 관점에서 논의한다면 단순히 호불호의 취미의 담장을 넘어서 합리적이고 체계적인 창조물이 되도록 해야 한다는 의무는 필자에게도 뜨거운 감자다.

  더욱이 평론評論이란, 작가의 심오한 깊이를 이해한 후에 작품을 분석하고 평과 해설을 곁들여 작가와 독자 사이에 이해의 폭을 높임과 동시에 피로 쓴 작품에 빛을 더해 주는 헌신의 자리라 생각한다.

  더러는 평評이란 개념을 작품에 비판적인 칼을 들어야 평론가라는 이론도 있으나 순수문학작품에는 해당하지 않는다고 주장한다.

  학술적 연구 자료라면 이야기가 달라질 수 있겠지만 순수문학작품은 작가 나름의 성정과 환경과 지적수준과 종교 등 각기 다른 삶의 노래요 그림이기 때문에 거기에는 같이 울어주고 같이 노래하고 같이 위로받는 공감대만이 필요요건이라 주장한다.

  필자의 주장대로 이번 상제되는 『시와 평론』역시 그런 기저基底에서 나온 평론들이라서 부족할 순 있다. 작가의 심기를 건드리는 누를 범 하지는 않았으리라 생각하며 낮은 자세로 흐르는 물의 속성처럼 늘 겸손한 자세로 작품 앞에 조아리는 평론가로 어스름 나이를 엮어 볼 심산이다.

　작품 속에 부족한 점은 모두 필자의 책임이라 밝히면서 상제하게 해주신 도서출판 명성서림에 감사드린다.

　늘 스스로에게 채찍을 마다치 않겠다는 다짐을 키우면서,

　이 책을 펼치는 독자들에게 넘치는 축복을 기원 하면서 물러 갑니다.

2021. 12.

인송 복 재 희

CONTENTS

05 • 머리말

詩

12 • 시적 갈증

13 • 고독이 좋아서

14 • 귀 빠진 날

15 • 그 냥

16 • 나무관세음 예수

18 • 내 시의 뮤즈muse

19 • 대책 없는 하소

20 • 만약에

22 • 마음 가눌 수 없으면 찾아 가시라고

23 • 방황하는 자들

24 • 별이 빛나는 밤에

25 • 보디가드

26 • 붓끝이 웁니다 (COVID19)

27 • 사막을 홀로 걸을지라도

28 • 생애生涯 마지막 숙제려니

29 ● 선한 사람의 적敵

30 ● 숨겨둔 이름 하나

32 ● 습관처럼

34 ● 시간이란 정의

35 ● 어렴풋 알겠어요

36 ● 어무이

38 ● 어쩌란 말입니까

39 ● 여우비

40 ● 욜로 You Only Live Once

41 ● 은사恩師님

42 ● 주방에서

43 ● 채수영교수님께 명령

44 ● 포노 사피엔스

46 ● 한 사람

CONTENTS

평론

48 • 내면內面속 주인공에게 선사하는 향서香書
　　－ 일공스님 시집『지금 바로 여기』론

62 • 자연과 인간적 통찰洞察이 빚은 시적 관조觀照
　　－ 혜원 박영배 시집『꽃은 바람을 좋아한다』론

87 • 성찰省察이 빚은, 물을 닮은 순수純粹 의식
　　－ 이상춘 시집『물 같은 사람』론

113 • 삿갓峰이 키운 시적 아우라에 담긴 서정성 고갱이
　　－ 장성열 시집『파파실』론

144 • 사랑과 용서의 묵상默想으로 빚은 고갱이 의식
　　－ 최금자 시집『바람이 지나간 자리』론

171 • 제행무상諸行無常이 빚은 글 항아리
　　－ 한상화 시집 『직선의 허실』론

197 • 공空이란 보자기에 담아낸 승화된 시적 의식
　　－ 박종호 시집 『김교수의 피아노연주』론

219 • 깊은 성찰省察로 빚은 진주알 의식
　　－ 울보亐寶김다현 시집 『사랑 참, 연습이 있었더라면』론

252 • 회상回想의 길에서 만나는 수채화
　　－ 박남식 시인의 시와 시평

259 • 영원한 소녀인 시인의 자화상自畵像
　　－ 송원 강신덕 시인의 시와 시평

詩

시적 갈증

언제쯤 오시려나
차이나 블루 하늘에 잡히셨나
뜻 모를 변명에 서성이시나
허무는 강물로 흐르고
한숨은 키를 높이는데
야속한 주인은 기척도 없으시네

뇌세포 잠을 잊고
타들어 가던 입술 부르터
간신히 어제를 살아내고
오늘은 꿈조차 어질한데
백지만 고집하시는 내 주인은
이 창백한 갈증 내일도 몰라라 하시려나

고독이 좋아서

어둠을 들였다
울고 싶은 눈동자를 숨겨야 할 밤이라서

이 가슴팍 데워 줄
따뜻한 사람 어디 없을까만
시리고 아린 긴 고독이 좋아서
촛농만 지키는 밤은 깊어라

버려둔 옹이진 그리움
촛불에 일렁일렁 살아나는 헛웃음

빈 잔에
쓴 술 같은 사람 어디 없을까만
촛불이 다 타들어도 불면이라니
아침은 분명 어질하게 오겠다만

식은 커피 잔에 곤두박질하는
이 아침에 헛헛함이란...,

귀 빠진 날

자알 새겨듣고 살라고
머리 빠진 날이 아니라
귀빠진 날이라 했을 터

터벅터벅 살아내느라
눈으로만 듣고 살아서
이리도 침침하고 흐릿한가

입으로만 듣고 살아서
이리도 말이 눌 삽 하게 굳었나
머리로만 듣고 살아서 어질한가

인생 한 바퀴 돌아오니
이제사 여닫음을 알겠는데
봐도 들어도 모른척 하라네

언제 더했누
육신에 미안하기 그지없고
본 것도 진실이 아니라는 이 숫자

그 냥

그냥 베풀 거야
가난한들 누가 알겠어

그냥 입 다물 거야
억울한들 누가 알겠어

그냥 셈법은 잊을 거야
누군가는 득 되지 않겠어

그냥 피할 자리 머물 자리
그것만 지키며 살 거야

그냥 돌아가는 길 수월하게
바보처럼 가볍게 살 거야

나무관세음 예수

안개에 갇힌 새벽
적막이란 큰 입속으로
별빛도 산등성이 불빛조차도
아기 고라니 목구멍에 가둬 두고
아득한 창세기는 한 시절을 펼치나니
이 고요 속에
수많은 창문은 불빛을 잃고
여기 애꿎게 피를 짜는 시인만 남아
떠나는 가을을 넋 놓고 잡지 못하네

얼마나 더 많은 아픔이 부풀어야
저 안개는 하늘에 오를 것이며
얼마나 더 많은 하소가 부풀어야
저 안개는 땅에 내려앉으려나
이 고요 속에
어느 변태는 부끄리를 만지작거릴 것이나

어느 시인은 高雅를 찾아 뇌를 혹사하겠지
나무 관세음 예수
모든 잘못은 몸 밖에서 행해지나
원죄는 몸 안에서 이루어지느니

나무 관세음 예수
무엇을 중히 여기며 어떻게 살아야 할지를…

내 시의 뮤즈muse

곱던 시절 기억이라면
얼마나 다행이랴
살 떨리던 사랑이라면
얼마나 다행이랴…만

시제를 써 둔 채
몇 달이 지나도
차마
거짓으론 쓸 수 없어서

내 시의 뮤즈muse는

내 목구멍에서
새어나오지 못한 절규며
내 안에서
발효되지 않은 욕지기며

거미줄처럼 얽힌
숱한 아린 이야기며
박속같이 곱던
내 어머니의 눈물이라 쓰고… 퇴고 한다

대책 없는 하소

더러는 산으로 갔고
더러는 흰 가루로 뿌려졌지
내 살갑던 지기들이였는데
그 이름들 앞에
고故 자 더해졌으나
노을은 무심히 붉디붉다

기실은 만날 터이나
이 슬픔은 산자의 상처목록일 뿐
추억들이 목젖을 흔든다

더러는 바람 따라 사라졌고
더러는 이유 없이 달아났다
내 피 같은 온기 들이였는데
막막한 시인의 기억엔
대책 없는 추억들 먼지로 흩어진다
기실은 나도 갈 터이나…

만약에

다시
푸른 날로 돌아 갈 수 있다면
얼굴에 난 솜털마저도 사랑스럽다던
그 사내와
한 번은 사랑 해 볼 일이다

다시
그 먼 기억에 닿을 수 있다면
번쩍 안아 돌다리를 건네주던
그 사내와
차 한 잔이라도 마셔 볼 일이다

다시
그 시간에 머무를 수만 있다면
뿌리치고 돌아 선 골목길
그 사내와
입맞춤이라도 해 볼 일이다

다시
그 다락방에 머무를 수 있다면
살갑던 동무들과
밤새 깔깔거려 볼 일이다

설령
특별한 경험으로 상처를 얻을지라도
한 번은 저질러 볼 일이었다
다시 젊음으로 돌아갈 수만 있다면

마음 가눌 수 없으면 찾아 가시라고

아시아나 골프장 훤히 보이는 정심당*
어찌 어찌 인연 닿아 한 여인이 살고 있지
소문 없는 주변 벚꽃길은 십리 넘는 장관
한터 저수지 지나서 정수리 언덕에 있지

그 곳엔
언제나 넓은 챙 모자에 얼굴을 묻고
슬픈 눈을 지닌 한 시인이 살고 있지
아침마다 명상하는 그 여인을
마을사람은 작가라 부른다 하지

바지런한 여인의 손길로 정갈한 집
이 정도 설명이면 찾아갈 수 있고말고
그 여인을 잘 알기에
그대 마음 가눌 수 없이 무거우면 꼭 찾아가라고…

---

*정심당精心堂 : 필자의 집

방황하는 자들

이보시오
독수리 찾으려면 천수만은 아니요
그 곳은 학들의 소굴이요

큰 고니 찾으려면 파주 적성은 아니요
그 곳은 독수리 소굴이요

큰 고니 찾으려면 진주 남강 변으로 가시요
떼 지은 철새는 금강호수가면 찾을 거외다

"자세히 일러주는 당신은 무엇을 찾으시오"

이 몸은 나를 찾으러 심연으로 가는 중이요
침묵의 소리 듣고 싶으면 함께 가도 좋소이다

별이 빛나는 밤에

이 밤은 시인을 내버려 두세요
할 말도 삼킨 내 목구멍에 미안한 밤이오
밤의 카페테라스에서 압생트를 마시면서
흔들리는 눈동자에 론강의 별을 보여주고 싶소
녹색의 독주가 심장을 흘러 어질한 아침이 오면
까마귀 나는 밀밭에 가려 하오
몽마르트 물랑아 꽈브르도 보여줘야 하오
본 것도 지우게 한 내 눈에 사과해야 한단 말이오

아를의 붉은 포도밭에 미친 척 뒹굴고 싶소
후즐구레한 해바라기 잎들이 내게 말 하오
아를의 침대에 곤한 영혼 뉘이면 그만이라고
아무도 들으려 않고 보려 하지 않았던 자들의 영혼을
그냥 놓아주기에 얼마나 힘들었나요 지금 나처럼
사랑은 언제나 고결하고 진실했습니다…만
잡동사니에 절여진 영혼은 무채색 자존감뿐이라오
빈 액자에 담아 벽에 걸어 두려 하오 봐주는 이 없지만
가벼이 살아낼 방도가 고작 이것뿐이라오 지금 이 시기엔

보디가드

맑고 푸르게 살고 있는지
산이
하늘이 지켜보고 있다

혼자라 슬퍼 않는지
아기 고라니
딱따구리까지 지켜보고 있다

넘어지면 일으켜 주려
장끼 까투리까지
십 년 째 지켜보고 있다

붓끝이 웁니다 (COVID19)

세계의 핏빛에 붓끝이 붉게 물듭니다
불타는 입김에 가슴은 검게 익습니다
어떤 글도 페르소나에 가려지고
어떤 말도 혀끝에 물려 아립니다

꽃송이들 버티다 지고 있습니다
줄기마저 버티다 쓰러지고 있습니다
눈 감아도 보이고
귀 막아도 들립니다

아우성에 붓끝이 울고 있습니다
살려달라는 절규에 이성이 무너져 내립니다
어떤 기도도 신의 외면에 부딪히고
어떤 외침도 메아리 없는 허망입니다

앞이 보이지 않는 어둠속에 방향을 잃었습니다
걷고 걸으면 벗어날 긴 터널인 줄 알았습니다
전능하다는 神에게 치사해도 다시 묻습니다
꺼이꺼이 살아내면 끝이 보이는 터널 맞습니까

사막을 홀로 걸을지라도

슬픔까지
사랑한다는 그 말에
귀 기울이지 마세요

영원히
변치 않을 거란 그 말에
흔들리지 마세요

이 사람만은
아닐 거란 그 생각도
유혹이니 멈추세요

사랑은 생물이라 움직이니까요

비록
사막을 홀로 걸을지라도
믿지 못할 그 누군가로
또다시 가슴을 도려내야 한다면

너무 아리고
너무 아프잖아요

생애生涯 마지막 숙제려니

봄눈이 간밤에 실하게 다녀갔다
입춘 햇살은 물까치 날갯짓에 실려
모과나무 자귀나무를 흔들더니
가나다라 엮는 심연에 자맥질이다

창백한 낮달은 언 하늘 보조개인가
밤 길어 서러운 계절 아직 턱 밑인데
부숭한 손마디 물기에 불어 숨찬 이유

보석처럼 키운 여식
빛나는 함에 싸서 치웠건만
봄날 제비처럼 내 품에 다시 날아들어

꽃피는 계절에 태어날 심장 소리 들려준다
삼신 할매 점지에 마음 길은 벙글고
생애 마지막 숙제려니 밤을 앓는다

지니胎名 탄생으로 언 가슴 녹는 날
도린 결 풀섶에 철퍼덕 마음 뉘이면
한 가닥 바람 묵언 수행 장하다 울어 줄라나

선한 사람의 적敵

선한 사람의 적은
나쁜 사람이 아니라 이기적인 사람이라서
푸른 언어에 날을 세우고 꽃에다 침을 뱉지

나쁜 사람이 아니라 선한 척하는 사람이라서
질투를 세포 구석구석 숨겨두고
상대를 밀치고 유리한 자리를 고집하지

나쁜 사람이 아니라 위선에 익숙한 사람이라서
제 듣고 싶은 말만 듣고
그 입은 가증스런 언어로 가득하지

나쁜 사람이 아니라
악한 파동으로 상대를 곤혹에 빠트리고
얄팍한 셈법으로 승리한 줄 아는 그런 사람이지

숨겨둔 이름 하나

누가 알세라
하얀 고쟁이에 꼭꼭 숨겨둔 이름 하나 있습니다

나를 어미 소 인양
걸을 걸음 움직일 때마다
목매기*처럼 따라다니는 이름 하나 있습니다
그루잠*일 땐 걱정하는 눈빛으로 오시고
동그마니 멍한 시선엔 눈물로 오십니다
오늘처럼
된서리 내려 오슬오슬한 날에는
솜털로 한 땀 한 땀 지어준 너널*을 신고 오십니다

누가 알세라
가슴 밑동에 꼭꼭 숨겨둔 아픈 이름 하나 있습니다

벚꽃이 흐드러진 어느 해
옷소매 한끝 흔들어 주지 않고 떠난 이름입니다
바늘꽃처럼 작은 바람에도 스러지는 나를
허허로운 버덩*에 두고 그렇게 그렇게
야멸차게 떠난 이름입니다
어쩌자고

스무 해가 지났건만 어쩌자고
휑한 도린결*까지 따라와
어서 집에 가라며 다독이는 이름입니다

누가 알세라
웃음 뒤에 꼭꼭 숨겨둔 그리운 이름 하나 있습니다

잊으려 해도 지워버리려 해도
생인손처럼 아리고 아린 이름입니다
사시랑이* 같은 나를 하늘만큼 사랑해준 이름입니다

지금은
하루가 다한 지금은
하얀 저어새에 올라 붉은 석양으로 오셨습니다
잠시 후면 서산으로 사라질 그리운 이름이라서
사자처럼 목 비틀고 숨죽여 불러봅니다

*목매기 : 아직 코 뚫지 않은 송아지 | *버덩 : 잡풀만 우거진 거친 들
*그루잠 : 깨었다가 다시 드는 잠 | *도린결 : 사람이 가지 않는 외진 곳
*너널 : 추울 때 신는 솜버선 | *사시랑이 : 가냘픈 사람

습관처럼

어스름 새벽
컴을 켜 둔다
습관처럼

아래층에서
커피를 내려 올라온다
습관처럼

커서는 껌벅이지만
멍하니 화면만 바라본다
습관처럼

커피만 연거푸 마시고
생각은 엉킨 철 수세미 체로 둔다
습관처럼

식어가는 커피도 동나고
마중물 못 구하고 컴을 닫는다
습관처럼

한 잔 더 내려서
다시 서재로 올라온다
습관처럼

신께서 첫 행을 주시니
다시 컴을 켠다
습관처럼

시간이란 정의

흐른다고 하는 걸 보면
엎지른 사람이 많은가 봐

흐르는 것이 아니라
잃어버린 것이겠지

버벅거리던 서툰 삶이
놓쳐버린 것일 런지도

바보인 지금의 나처럼…

어렴풋 알겠어요

– 예전엔 몰랐어요
저 범부채 꽃 볼에 누가 주근깨를 찍었는지
저 키 낮은 제비꽃에 누가 보랏빛을 쏟았는지
저 감자벌레 등에 누가 까만 점들을 얹었었는지를…

– 예전엔 정말 몰랐어요
저 매미는 왜 저리 요란하게 우는지
저 고추잠자리는 왜 등에 업혀 나는지
저 갈대는 왜 작은 바람에도 흔들리는지를…

– 이젠 알겠어요
저 개구리 요란하게 우는 속내와
저 청보리에 바람이 스치는 이유도
저 별들이 어두워야 빛나는 진리조차도…

– 이젠 어렴풋 알겠어요
저 말들에 상처받는 내안에 카르마와
저 몸짓에 드러나는 저들의 카르마까지도
레테강 가까이 이르니 이젠 어렴풋 알겠어요…

어무이

울 어무이 살냄새는 잘 익은 딸기 향
둥실한 앞산 봉오리는 울 어무이 젖무덤
밤마다
젖가슴 파고들어 하루를 고자질하는 철부지
얼 만큼
더 늙어야 이 그리움 사라질까
거울은 어무이보다 더 망구라 놀리는데
얼 만큼
더 늙어야 어무이 한이 내 가슴에 지워질까
좀 전엔 개망초 하얀 꽃무리에 계시더니
금세 하늘 우러러 기도하는 억새에 오르셨네
얼 만큼
더 늙어도 닿을 수 없는 어무이 그 가슴
열 자식 자랑삼았으나 잠잠할 날 없던 그 바람들
안 듣는 척 해도 어무이 긴 날숨에 뒤척였던 하얀 밤들과
자는 척 해도 어무이 볼에 흐르던 눈물조차 지독한 그리움
이라니

얼 만큼
더 불면에 피를 말리면 만날 수 있으려나
이 여식 하루도 안 보면 못 산다 하셔놓고
정녕 나 모르는 거짓말쟁이셨나
제사상 물리려는데 인기척도 없으시네

어쩌란 말입니까

거세게 바람이 찬데
어찌
꽃잎에 차렷을 요구하십니까

밤보다 어두운 한낮인데
어찌
눈물을 밝히라 하십니까

길을 묻는 여린 양귀비를
어찌
모른 척 돌아서라 하십니까

그리 못 합니다
저 국화 춥기 전에
저 자귀 꽃 지기 전에 소매를 걷겠습니다

여우비

이슬 맺힌 거미줄에 작은 나방 바동거리고
여우비는 햇살 경계에 시들해지는 전원
유성처럼 빗물이 터지는 대지에
지렁이 목 축이는 소리 자그럽다
곡우라 곤줄박이 사랑 찾아 분주한데
큰 매 한 마리 소리죽여 다가오누나
강한 자는 입맛을 다시고
약한 자는 숨을 자리 찾는 생의 수묵화
차마 나설 수 없는 묵인된 자연의 생사에
방관하는 시인은 희미한 고도를 꿈꾼다
보이지 않는 저 너머 세상
누군가는 처절히 피가 마르고
누군가는 배불러 낮잠을 자겠지

오늘만큼은
모두가 고독하기를
바라건데 모두가 고독한 안녕이기를
여우비 내리는 오늘만큼은 제발 풀들이 안녕하기를

욜로 You Only Live Once

온통 하늘이어서
구름의 흐름과 바람이 연주하는
꽃들의 향연에 오롯이 흔들리니 (행복해)

온통 산이어서
떼 까치랑 산비둘기 하모니
눈망울 선한 고라니랑 너구리 목청까지
신의 공평함을 느낄 수 있으니 (정말 행복해)

온통 들판이어서
갈맷빛 가을 산야와
무리 진 억새의 춤사위 지켜보는
고독한 시인이 나여서 (행복하고말고)

처음 살아가던 인생길
혼자라서 얼마나 버벅거렸는지
구름 위 산책하며 떨어질까 어질했지
다 내려와 고독만 껴안으니 (진정한 행복이고말고)

은사恩師님

유두처럼 영글어 터진 도화桃花
피 색으로 벙글어 요염한 장미薔薇
운 부른다는 노랑나비 여기저기 나는데
그대는 어찌 요단강 가에 계시나요

시인 되고파 핀 붓꽃筆花
기다리다 목 늘어진 파초芭蕉
텃밭 남새마저 통통해지는데
그대 어찌 레테강 가에 머무르시나요

이울어질까 조바심에
하릴없이 하냥 두 손 모으는데
해껏도 몰라라 기진해 하시니
먹 차오르게 처절한 슬픈 계절입니다

주방에서

조각내는 내가 운다
울어야 할 처지는 쪽파인데

벗기는 내가 운다
울어야 할 입장은 양파인데

어무이도 그러셨지
종아리는 내가 맞았는데

하던 일 멈추고 숨죽여 운다
눈물까지 어무이를 쏙 빼닮아서

채수영 은사님께 명령

우두망찰한 순간 저 석양은
어느 이름하나에 두 손 모은 이유를
아시는지 모르시는지 발갛게 날름거리고
주인 떠난 빈집에 든 햇살은 적막에 섧다

허술한 담벼락에 뿌리내린 민들레
내 결곡한 영혼의 사그라짐을
아시는지 모르시는지 노르스름 고운데
봄이라 소소리 바람은 염치없이 시리다

애면글면 삶이라 엮어두신 가나다라
내장 훑은 고등어처럼 줄지어 누웠는데
들으시는지 아니 들으시는지
벌떡 일어나시란 뜨거운 명령은 여백에 얼룩만인가

포노 사피엔스

95번 버스에
길손 되어 경안천 변 산책에 나섰다
눈꽃이 햇살로 흘러내리는 차창
마스크로 흐려지는 안경렌즈
왜놈이 죽인 윤동주 시집이 거추장이다

용인 호동에서 발원하여 북길 따라
팔당호로 젖어드는 경안천 물길은 아직 춥다
바람도 가를 젊은 발길들도
지친 나귀인 양 늙어진 발길들도
눈은 모두 폰에 정신 팔린 신인류

호모사피엔스가 지혜의 인간이라면
포노사피엔스는 지혜로운 폰 사용자겠다만
참담한 괴질로 모두 마스크로 입이 갇혔음에
코로나19 사피엔스가 맞지 않을까에 이르면
입보다 폰이 더 강렬하단 명징인가 유감이다

머릿속을 비우려 나선 산책길은
상념의 정점을 찍고 되돌기가 성급하다
버스 정류장에 걸린 누군가의 시에 측은지심이 들고
흐린 낮달 따라 버스는 길손을 또 태워준다
버스에 오르자마자 폰 전원을 끄고
윤동주의 시집을 펼치니 '자화상'이다
나만큼은 호모 사피엔스 사피엔스이고 싶다

한 사람

혼자
먼 길을 가버린 사람
이래서 밉고
저래서 미웠던 한 사람

목련이
수십 번 피고 졌나
미움도 곰삭아
그리움으로 옹이진 한 사람

날궂인가
그 사람 봉안 당에
빨간 장미 걸어두고
돌아오는 길

겨울비는
누굴 떠나보냈는지
모가지에 피를 올려
이틀째 울고 있다

평론

내면內面속 주인공에게 선사하는 향서香書
- 일공스님 시집 『지금 바로 여기』론

1. 비움과 채움의 미학

　비었기 때문에 채움이 기다리고, 비움에서 미래는 숨 쉬게 된다. 이는 인간은 한계를 알고 난 후에 허무라는 의복에 대한 진리를 깨닫게 되어있다. 공자孔子의 천상天上의 탄식조차도 본질에 눈을 돌리면 필연적으로 만나게 되는 이름이기 때문이다. 불가佛家에서는 색즉시공色卽是空의 지혜—반야般若—진리의 이름 앞에서는 비움과 채움이나 없음이나 있음 등 현대물리학의 문제가 쉽게 풀려진다. 물론 시詩는 지혜를 설명하는 것이 아니라 지혜를 감득感得하게 함으로써 감동과 순수 그 자체라야 하겠지만 비어 있음이나 채워있음은 다만 그대로의 현상일 뿐이다.

　교실은 비어 있기 때문에 채움이 있고, 수레는 비었음의 바퀴 때문에 무게를 감당 할 수 있다고 노자老子는 말한다. 내 것이 없음에서 내 것을 주장하는 것은 허무한 일이고 이기利己의 처연凄然함이라면 줄 수 있을 때, 주는 것은 행복의 정점이 될 수 있음을 시인은 이미 체득하고 있다. 달관자의 자리에서 주인공에게 관하는 순수한 영혼의 시어를 만나보자.

하나를 가지고
열(+)을 만들고
열(+)을 가지면
불가능이 없는 우리입니다

우리가 빚은 항아리는
반듯하지만은 않습니다
그러나
쓰임에 알맞게
꾸준히 만들어 내어
제자리에 세울 수 있을 때까지
흙을 손에서 떼지 않으렵니다

그리고 닮을 내용물은
당신께서 준비하십시오

　－「주인공」 전문

　주인공의 시선으로 비춰진다면 희망일 수도 있겠으나, 우리
라는 존재는 하나를 가지고 열을 만들 자신감으로 버텨왔노라고,
만약에 열이 주어진다면 모든 것이 가능하다는 자리에 시詩로
버티면서 여기까지 올 수 있었노라고. 하오나 우리가 빚은 항아
리는 욕심이라는 불순물이 첨가되어 중심축이 맞지 않아 반듯
할 수 없음을 주인공에게 고백하는 겸손에 다다른다. 시의 구축
방편인 애매성ambiguity에 대입해 보면 '하나'라는 의미가 주는
거리는 가능이라는 가까움이나 '열'이라는 의미는 다소 거리가

느껴지는 형이상학形而上學적 개념인 무한대까지의 가능성을 내포하리라, 우리는 진흙에 불과 할 뿐 반듯하게 빚어지는 자리에도 주인공의 섭리가 따라야 하고 시인의 의지대로 '제자리에 세울 수 있을 때까지' 흙에서 손을 떼지 않겠다는 우뚝한 시심詩心은 궁극에서는 '담을 내용물은 당신이 준비하십시오'라는 순응하며 관하는 자리에 들면서 탈고 한다.

일공시인의 시적 특질은 가벼운 듯 깊은 무게를 지님과 동시에 탄력까지 지녔다. 철학을 담으려는 의도는 감지하기 어려우나 한 번이 아닌 여러번 접할수록 시 속에 철학이 상보相補적인 입장이어서 균형미가 돋보이고 침묵을 뛰어넘는 깊이의 표현이 내재되어 상당한 시적 경지임을 필자는 물론 독자들 또한 간파看破하리라. 시인의 작품 중 「이른 봄」이나 「봄, 봄」에서는 숫처녀의 가슴을 설레게 하던 봄바람을 만날 수 있고, 「그대 돌아간 뒤에」에서는 시인의 텅 빈 외로움을, 「기약 없는 기다림」에서는 이리저리 엉키어 난리도 아닌 허무한 가슴을, 「아느뇨」에서는 시인의 목 타는 그리움을, 「향서 香書」에서는 수행자의 마음으로 쓴 한시漢詩까지 만나는 기쁨에 도달한다. 시인의 시詩의 여정旅情에 문운文運의 빛이 환하게 비취리라.

2. 명탁命濁 중생탁衆生濁 번뇌탁煩惱濁 견탁見濁 겁탁劫濁의 승화

장자莊子의 '만물제동'의 이치는 하늘과 바다가 어디쯤에서 하나로 결합하고, 이곳과 저곳이 어디쯤이면 하나로 합하는 것은 지구의 둥근 원리와 맞닿아있듯이 인간의 진리 또한 자연의 진리와 분리되는 것이 아닌 것과 같은 이치이다.

비와 바다가 슬며시 하나로 결합하는 천의무봉天衣無縫의 순리에 따르는 이치로 화할 때, 시적인 묘미 또한 뒤 따른다. 때문에 시를 쓰는 일은 자연을 배우며 자연의 이치에 순응하면 되는 것이다.

봄, 여름 가을, 겨울 사계四季가 저절로 오가듯 시詩도 매듭이 없는 상태에서 지고至高한 기쁨을 체득 할 수 있기 때문이다. 비단 종교적인 개념을 배제하고라도 시는 순환의 논리에서 비로소 합리적인 결합이 이뤄진다. 시인의 시작詩作에 자연예찬이 많음도 이러한 명상에서 출발한 제작법인 셈이다. 다시 말해 사물의 모습은 단순한 사물이 아니라 이전의 어떤 것과 상관하여 현상적인 실재가 있다는 발상–연기緣起에 이어진다.

시인의 작품 중에서 「요즘 混濁, 어찌해야」를 만나보자.

　　벗님아
　　방독면 같이 촘촘한
　　마스크를 쓴 나를
　　탓하지 말게
　　어름사니가
　　씨(時)줄과 날(日)줄 위에서
　　외줄타기 하 듯
　　오로지

눈앞에 보이는
생명 줄에만 집중하고
사는 건 아닌지

– 중 략 –

오탁악세五濁惡世에 물든
우리들
이미 그렇게
둔탁해진 탓이 아닐까

　 –「요즘 혼탁混濁, 어찌해야」 일부

　'어찌해야'하는 표현은 막다름에 이른 절망의 호소이자 탄식
이다. 무수한 날들이 마스크라는 답답한 페르소나에 가려지고
우리들의 호사스럽지도 않은 일상조차도 족쇄足鎖에 채워졌다.
어름사니가 –외줄타기를 남사당 말로 아슬아슬한 얼음판을 걷는
듯 하다해서 '얼음'이라 하고, '사니'는 사람과 신의 중간이라는
뜻으로 쓰인다. –남사당패에서 외줄을 타듯 여차하면 낙상할세라
생명부지에만 집중하고 사는 현실을 시인은 괴로워한다.
　중세시대 페스트라 불리는 흑사병은 유럽인구의 ⅓의 목숨을
앗아갔다.
　그 시대는 의술醫術이 지금에 턱없이 못 미칠 때라 요한이라는
유대인이 우물에 세균을 퍼뜨렸다는 모함으로 마을마다 수천
명을 화형火刑에 처하는 무고한 희생이 빈번했다. 그 탓에 노동
력이 부족해 진 유럽은 급기야 손이 덜 가는 포도밭을 만들게

되고, 산업은 기계화를 꾀하다 보니 그것이 르네상스의 초석이 되었음을 역사는 증명하고 있다. 지금은 21세기, 로봇이 인간을 능가하는 최첨단 시대임에도 COVID19라는 바이러스로 해를 넘기는 어려운 시간임에야, 출가하신 수행자든 속세에 사는 범인 凡人이든 참으로 견디기 힘든 상황에 직면해있는 참담함에 놓여 있다. 긍정의 시각으로 바라보면 이 바이러스 또한 우리에게 또 다른 르네상스를 가져다줄는지는 두고 볼 일이다.

시인은 스모그, 미세먼지, 황사, 초미세먼지를 일컬으며 이미 오탁악세五濁惡世에 물든 먼지 같은 우리들 심성을 겨냥하는 교훈을 던진다. 이는 나긋한 시어가 아니라서 필자도 숙연함에 젖는다.

3. 청정심清淨心에 승화된 자연의 가을소묘

시詩가 무엇인가는 시를 쓰는 시인조차 모른다는 데 동의할 것이다. 이는 인간이 무엇인가와 등가等價를 이루는 표현이기 때문이다. 그러나 비유로 접근하는 방법은 있다. 영국의 시인이자 평론가인 매슈 아널드의 "시와 종교가 같다"라는 비교에서 종교의 정의와 시의 정의가 상통점을 가질 수 있기 때문이라 말한다. 종교는 행동에 의해 선善의 지고至高점을 찾아 나서고, 시는 감동의 출구를 통해 지고至高에 도달한다.

선과 감동은 투명하고, 아름답고, 순수하고, 오로지 깨끗함에서 보일 수 있는 세계에의 감동과 일치하기 때문이다. 시는 그런 감동의 정점에 있다. 이를 찾아가는 길은, 자발성에 의해서 열리는 세계 혹은 보이는 세계가 되지만, 시는 지적인 작업이라는 데서 차이가 남는다. 때문에 시인의 작품에 창조라는 이름의 헌사獻詞가 붙는 것이다.

일공시인은 완벽한 조화를 이룬 자연이 보여주는 기하학적인 아름다움을 시제로 창조한 작품이 주를 이룬다. 시인의 작품 중에 「가을이 온다」, 「가을 연희」, 「가을여행」, 「추억담은 가을」, 「가을」, 「가을소묘」, 「가을밤 사유」, 「가을 선물」 등 가을을 다룬 시제가 주류를 이룬다.

그 중에 「가을이 온다」를 만나보자.

<blockquote>
내 마음을 묻어
그대에게 여름을 포장해
보낸 지가 언제인데

낙숫물에 묻혀
흘러퍼지는 흙내음이
고향 맛을 느끼게 하네
어느새 이렇게 무뎌진
여름을 보낸 뒤
내 마음을 들여다 본다
가을이 온다
내 맘 들락날락
네 맘은 몰락몰락
아직 영글지 않은 채
</blockquote>

떨어지는 땡감 내음 비릿하다

– 「가을이 온다」 전문

시인의 정신은 항상 자기 고백의 통로를 갖고 의식을 분출한다. 이는 집중적인 현상일 뿐만 아니라 삶의 숙련성과 환경의 결합이 빚어주는 정서의 특성일 수 있다. 가을이 시인에게 특별한 정서의 감흥을 주었기 때문에 가을의 이름들이 여러 빈도로 얼굴을 내민다.

시가 마음의 그림을 언어로 표현하는 길찾기라면 마음은 시인의 정서가 응축되어 나오는 진원지로 인식된다. 마음을 실어오는 것은 이미지를 모색하고 발굴하는 공간이지만 시심詩心의 종자가 저장된 수원지水源池와 같은 상징이기 때문이다.

일공시인은 가을을 무척 좋아하기도 하지만 가을을 무척 타는 심연을 지녔다. 이는 가을이 주는 뉘앙스에서 고독한 생의 위안을 받을 수 있고 에너지 확충의 길을 찾을 수 있기 때문이리라.

'그대에게 여름을 포장해'에서 시의 애매성으로 볼 때 '그대가' 여인인지 석존불인지 애매하나 4연에서 '내 맘이 들락날락, 네 맘은 몰락몰락' 이라는 표현을 미루어보아 석존불은 아닌 듯하다.

내 마음을 보낸 지가 언제인가. 무뎌진 여름을 지나 가을이 오는데 '아직 영글지 않은 채'라는 체념적 기다림에서 땡감으로 떨어지는 비릿함을 맡으며 탈고를 하는 시인의 고독한 그늘을 마주한다.

언젠가 잘 익은 홍시의 달콤함으로 시인에게 희망이 될 그대로 다가오기를 필자도 응원한다.

4. 별을 헤이는 주인공의 사색

아름다움에서는 착한 미감美感을 느낀다. 시가 궁극적으로 아름다움을 일으키는 일이라면 종교와 예술은 명칭에서의 차이를 가질 뿐, 본질에서는 크게 어긋난 궤도를 갖는 것은 아니다.

단지 종교는 절대의 구분이 있지만 예술은 절대성을 갖지 않는다는 차이로 구분이 될 것이다.

종교인이 시를 쓰는 일은 종교적인 마음을 더욱 상승시킬 수 있다는 점에서 바람직한 일이다. 그러나 시를 쓰는 일은 매우 지난至難한 일이다.

첫째는 시를 쓰기 위해서는 시적인 장치를 습득하는 것 −글쓰기에서 가장 고급한 행위에 속한다. 즉 함축이라는 언어 운용에서 오는 비유와 상징 혹은 알레고리 등을 이해한다는 것은 언어의 정점을 이해하는 노력이 절대적이어야 한다.

심금을 울리는 설법說法이 언어의 결합에서 오는 감동이라 대입하면 쉽게 이해가 된다.

둘째는 시를 생각하는 것은 진실한 옷을 입어야 한다. 진실만이 감동을 줄 수 있는 길이기 때문이다.

세 번째는 시인이란 이름에서는 욕망이 앞서지 않고 오로지 미적 감수성을 생각하는 데서 겸손한 사람이 될 수밖에 없다.

이런 이유를 합하면 시인이라는 명칭과 종교인이라는 결합은 정서의 상승을 가져오는 전달에서 탁월 할 수 있다. 특히 응축적인 메시지 전달에서 시인의 언어 운용의 기교는 멋진 이미지를 생산할 수 있다는 결론에 이른다. 일공시인의 시가 그렇다. 「나비가 저절로 되나」를 만나보자.

> 잠시 비가 내렸다
> 늘 다스림이 필요한
> 시간 속에서 살고 있다
>
> 무엇을 얻었고
> 무엇을 버렸는가
>
> 털어내기 바쁜 하루
> 시샘하는 마음은
> 지금도 곁에서 맴돌고 있다
> 어디에 계시다가 이제 오셨나요
> 인연의 꽃
> 놓지 못한 세월만 안고
> 이제야 만납니다
>
> – 「나비가 저절로 되나」 전문

'나비'는 '날다'에서 나온 말로 '날비'가 그 어원이다. 나비는 애벌레, 번데기, 성충의 시기를 거치는 완전탈바꿈 과정을 통해서만이 성장한다. 곤충의 한살이에서 번데기과정이 없다면 불완전한 탈바꿈이라 한다.

미국계 영국시인 T. S, Elliot은 종교시는 3류 시라고 일갈했다. 하지만 시인은 스님의 위치이면서도 시인의 시에서는 좀처럼 그런 느낌을 접하기 어려운 환치換置망을 치고 있다. 그런 점에서 독자의 지적 수준에 의해서만이 감지할 수 있는 길을 두었기에 시어가 더욱 신선하고 깊이가 있다.

이는 시적 구축이 이미 경지에 오른 시의 여정이 지난했음을 짐작할 수 있다.

'무엇을 얻고 무엇을 버렸나'를 화두로 삼고 늘 내면을 정진하는 수행을 엿볼 수 있다. 내면에 털어내야 할 여러 요소들로 바쁘다 표현하는 시인의 겸손은 독자들에게도 마음 챙김의 행로에 다가서게 한다.

'어디에 계시다 이제 오셨나요'에서 시인은 번데기를 벗어나 성충에 접어드는 단계에 진입하면서, '이제야 만납니다'에서야 비로소 한정된 여백 넘어 감춰진 고통의 세월 속 허물을 벗고 나비로 승화되는 인연의 꽃으로 피워내는 환희를 만난다. 비로소 시인은 나비에 투영되어 훨훨 세상에 진리를 알리는 아름다운 이름이 된다. 시인의 작품 중에 「통증」에서는 바람 같은 외로움을 만날 수 있고, 「만추」에서는 빠알갛게 물들어가는 가을타는 시인을, 「꿈 많은 가을밤」에서는 별을 헤아리는 시인의 마음을, 「며칠만이라도」에서는 매리붓다마스 시기에 느끼는 시인의 한 해를 보내는 아쉬움을 만날 수 있다. 이 외에도 주옥같은 시어들의 노래가 독자에게 큰 기쁨으로 전달되리라 필자는 확신한다.

5. 이순耳順에 돌아보는 회상回想

　세월의 켜가 두꺼울수록 경험의 철학은 깊어진다. 구분 없음에서 구분이 생기고, 없음과 있음이 모두 구유具有되는 자재自在의 마음이 된다.

　욕심이 들어오면 물결은 관조觀照의 경지를 벗어나 흔들리는 파문에 일그러진다. 불가佛家의 말로는 진여眞如를 잃게 된다는 의미이다. 나이가 들었다고 해서 모두가 그런 것은 아닌 일 —깨달음은 아무에게나 일어나는 이름은 아니다. 고난 즉 파도의 세월에서 자화상을 찾고 지키려는 노력이 있을 때, 비로소 안정감의 경지에 이를 수 있기 때문이다.

　노련한 뱃사공은 파도를 타고 진행하지 파도를 거스르면서 배를 진행하지 않는 이치와 같음이다. 「회상」은 그런 뉘앙스의 작품이다.

　　　오늘은 서라벌에
　　　하얀 눈방울 뿌려
　　　가슴을 깊이 후벼파더군요

　　　첫눈이 오면 만나자고 했던 약속
　　　숱한 세월을 보내고
　　　이순을 맞이했습니다

　　　－ 중 략 －

한 해 동안 과연 무엇을 했을까
반성의 시간
번민과 후회와 한숨부터 풀어냅니다

－ 중 략 －

가슴에 깊은
상처를 주지 않는 힘을 지닌
겨울의 아름다운 꽃
그런 눈雪이었으면 좋겠습니다

－「회상」일부

공자孔子는 나이 15세에 지학志學. 30세에 이립而立, 40세에
불혹不惑, 50세에 지천명知天命, 60세에는 귀가 순해진다고 이순
耳順이라 했다.
소리는 귀로 들어와 마음으로 통하기 때문에 이순耳順이 되면
거슬리는 바가 없고 아는 것이 지극한 경지에 이르기에 생각하지
않아도 저절로 얻어지는 경지에 이르러 "말을 들으면 미묘한
점까지 모두 알게 된다"거나 남의 말을 듣기만 하여도 그 이치를
깨달아 이해한다는 뜻이다.
일공시인은 언제나 자신감 넘치는 청춘으로 남으리란 착각에서
벗어나려는 자신을 마주한다.
'웃음 줄고, 몸에 윤기도 사라지고' 용기마저 줄었다고 인정
하는 자리에 서게 된다. 하지만 필자의 시선엔 하얀 눈방울에도
가슴이 후벼 파이는 오롯한 감성으로 짐작하건데 시인은 아직도

늘 푸른 봄 나이에 서있다.

생각이 늙지 않으면 나이는 숫자일 뿐이다. 더욱이 천생시인의 신선한 정서는 '첫눈이 오면 만나자고 했던 약속'을 기억하는 가슴 따뜻한 회상으로 눈꽃을 마주한다. 그 눈꽃은 −뜨거운 열기를 식혀줄 상당성을 부여하면서 한해를 반성으로 마무리하는 안정감으로 탈고를 하는 노련미를 보인다. 시인의 시적 여정旅情과 치켜세운 시적 깃발에 가피加被가 충만하리라는 믿음이 선다. 일공시인의 시는 그렇게 깊고 신선하다.

7. 시인의 불심佛心 혹은 선禪적 뉘앙스

동양의 불교는 생의 이치와 신이 없는 철학이다. 그렇기 때문에 −맹신이라는 말이 없고 오로지 자기 닦음에 목표와 지향을 둔다. 더욱이 타인의 허물을 보는 것이 아니라 자신의 허물을 들추어 제거할 목적으로 부처님 전에 희원希願을 드리는 것이기에 이는 간섭이 없는 자화상을 찾는 일이다. 이런 팔정도八正道에 들어선 시인의 시적 특질은 이런 기저基底에서 건져 올렸기에 정적이면서 절제와 간결미를 갖춘 안정감이 숲을 이룬다. 사족蛇足은 물론 조미료조차 전혀 가미하지 않은 맑은 시어들은 깨끗한 자연 그대로를 보여주는 담백함까지 겸비한 시적 내공을 지녔으니 시인만의 개성 있는 작품들은 논지를 마치는 필자에게도 큰 기쁨으로 남는다. 일공시인의 시는 그렇다.

자연과 인간적 통찰洞察이 빚은 시적 관조觀照
─ 혜원 박영배 시집 『꽃은 바람을 좋아한다』론

1. 詩는 자신의 자화상自畫像이다

　달관達觀이 어느 경지에 도달한 여유로움이라면,

　혜원 박영배 시인은 서정시에선 그런 경지의 언덕에 서있다. 꽃을 사랑하고 인간을 사랑하는 시인이야 지천이겠지만 자연을 완상玩賞하는 개념을 넘어 자신의 가슴에 들여놓고 사는 시인이기에 현란한 시어를 배제하고라도 자연에서 알아차린 평안함의 서술적 기교技巧가 완숙하고 아늑함까지 배어있어 무장무애無障無礙로 걸림 없이 매끄럽다. 그 가치가 어찌나 빛나는지 처음 원고를 접한 필자에게도 큰 기쁨의 원천, ─혜원 시는 한마디로 정갈하다.

　인간은 유한한 존재이지만 정신의 창조물인 詩는 유한을 뛰어넘는 시간정복의 위대한 길이 바로 詩의 가치를 부여할 수 있음을 화자는 보여준다. 하늘에 무수한 별들이 있지만 희미한 것도 있고 또렷한 별도 있으니 저마다 다른 노력과 신산辛酸한 고통을 지불하고 비로소 자기 존재를 확실한 세상의 이름으로 형상화할 따름이다.

달리 말하면 상처의 깊이가 크면 ―세상을 살아가는 고통의 깊이에 이른 성공담은 감동을 주는 이치 ―일평생 고통을 모르고 산 사람의 향기와 엄혹한 형극荊棘의 길을 걸어 온 사람의 향기를 동등한 등가等價로 말할 수 없음이다.

혜원 박영배 시인은 3사관학교를 졸업하고 '대통령 근무유공' 표창을 받고, 영관 장교로서는 최고의 훈장인 '보국훈장 광복장' 까지 수상한 '애국시인'임에도 그의 詩에선 각 세운 군인의 규율을 좀처럼 발견하기 어렵게 숨겨두었으니 마음 밝은 독자라면 곳곳에서 화자의 올곧은 정신과 자화상을 만나게 될 것이다.

이제 화자의 시적 매력에 빠져보자.

> 정. 이월 깨고 나온 개나리
> 눈 비비며 3월이라 하네
> 비가 오다 눈이 오다 지친 냉이 꽃
> 한숨 돌리며 3월이라 하네
> 배곯던 우리 4남매 뿔뿔이 흩어진
> 그때도 3월이라 하네
> 고향엔 가난한 아이들
> 온종일 산등성이 뒤져도 허기진 한나절
> 아지랑이 가물가물
>
> 겨우내 끼고 살던 솜이불
> 얼음 풀린 개울에 손 호호 불며
> 가난을 씻던 우리 엄니
> 지금 뜸부기랑 산에 계시고

봄바람도 겨울바람도 아닌
보릿고개 넘던 들판
떼까마귀 짖어대던 3월

객지 밥 눈물 밥 수십 년 지나도
탈을 못 벗는 우리 4남매
머리 하얗게 세어도
이맘때면 고향집 못 잊어
베갯머리 흠뻑 젖는데
우두커니 꽃망울 연
엄니 닮은 참꽃 한 송이

"어여 가거라"
눈물 바람 뒤로 하고
병영열차 오르던
스물셋 그때
고향을 버렸어도
3월은 머슴애 가슴에서 우는 달

지금은 모두 봄이라 하네
엄니 생각나는 3월이라 하네

– 「3월이라 하네」 전문

혜원 (박영배 시인의 호)의 「3월이라 하네」는 5연 31행의 비
교적 長詩에 속하는 詩이다. 1연에는 가난, 2연에는 엄니 생각,
3연에선 시골 탈을 못 벗는 4남매, 4연에선 입영할 때를 시적

종자로 시어를 탄생시킨, 다시 말하면 하이퍼 시(Hyper Poetry)처럼 시적 종자와 시공時空이 종횡무진 착종錯綜되는 미학의 향연을 펼친다. 여기서 통일된 이미지와 의미를 추스르는 것은 독자의 몫이다.

혜원은 3월에 일어났던 일련의 아픔의 기억창고를 열어 스냅사진처럼 펼쳐 보이는데 봄의 전령사 개나리가 움을 틔울 때도 3월이었지만 배곯던 4남매가 살길을 찾아 고향을 떠나 흩어진 때도 3월이라며 노란 개나리 움트는 기쁨의 3월과 배고픔으로 4남매가 흩어지는 슬픔의 3월을 대비시켜 독자의 감성을 흔들더니 -가난을 씻듯 언 손 불며 차디찬 개울물에 솜이불 빨던 엄니가 뜸부기랑 산에 계신다는 절규에서는 독자로 하여금 눈물을 감추기 어렵게 하는 시적 기교技巧가 내포되어 있다.

장시長詩임에도 사족이 전혀 없는 언어의 탄력은 제 5집을 상제하는 시적 여정이 지난했음과 동시에 자연을 사랑하고 사람을 사랑하는 성정과 지난 시절 반추로 미루어 화자인 혜원 시인의 깊은 인간애를 독자는 발견할 수 있을 것이다.

2. 혜원, 시인의 시적 여정旅程

한 시인의 일생을 면밀히 돌아보면 시와 삶과는 항상 일체회의 길이 이어시고 시는 이런 삶의 모든 것을 담아내는 캔버스에 그려진 자화상을 시어로 포착하게 된다. 결국 예술은 자기를 어떤 방도로 나타낼 것인가에서 문학은 가장 리얼한 방법으로 나열된다. 왜냐하면 심리적인 섬세함이나 사고의 폭을 위시해서 일생의 축도를 요약할 수 있는 넓이를 갖고 있기 때문이다. 문학은 인간의 일생을 돌아보는 광범위성이나 실증이상학적이고 정신주의적인 높이와 경험주의나 실증주의적인 아래로의 체험들이 하나로 엮어지는 일은 문학이 갖는 최상의 도구이기 때문에 인간의 일생에는 두 가지가 결합하여 나타난다.

대체로 젊은 날은 체험의 층을 두껍게 하는 삶이 이어지고 노년에 이르면 고담하고 이상주의적인 감성이 자리를 잡는다. 물론 전자는 앞을 내다보는 시선이 많을 것이고 후자에서는 돌아보는 추억과 떠나버린 사람들의 관계에 대한 처연함이 따라오는 이치다.

7년 만에 제 5집을 상제하는 화자의 詩조차도 젊었을 때 구사한 시어와 은발인 지금 구사하는 시어는 다를 것이 분명하다. 완숙미를 갖춘 지금의 시는 가벼운 율격이 마치 사르르 움직임으로 잔잔한 파도와 같다. 오랜 세월 군 규율 하에 있었음에도 압도적이거나 위압적인 표정이 아니라 꽃들과 뒷산 그리고 고생하신 엄니와 부자 집에 시집갔다가 수녀가 되어 아픔을 승화시킨 누이 그리고 사랑하는 아내의 고마움으로 빚어진 시적 노래가 항상 화자의 가슴밑동에서 떠나지 않는 시어로 조립되어진다. 남성적인가 하면 중성적인 느낌 또한 섬세한 시어에서 풍겨 나온다. 시는 지난한 세월이 흐를수록 간결해지고 동심으로 회귀하는 본성을 지녔기 때문이다.

화자가 사랑하는 누이를 시적 종자로 삼은 「꽃은 바람을 좋아한다」와 「봄날은 간다」 두 편을 동시에 만나보자.

어릴 적
누나를 따라 뒷산에 올라가면
누나는 나물보다
꽃을 더 좋아했다

산벚꽃 아래
울긋불긋 복숭아 살구
노란 민들레까지
소란스러운 꽃 속에서
살구꽃 머리에 꽂고
활짝 웃는 누나가
살구처럼 고왔다

그때마다
윗동네 형들이
꽃샘추위처럼 내려와
꽃가지를 흔들어대면
우수수
누나 웃음소리가
하얗게 날리곤 했는데

바구니엔
꽃 반 나물 반
나는 괜히 누나를 졸라
산을 내려오고
뒷산엔

누나대신 꽃바람이
웃음꽃을
펄펄 날리고 있었다

　－「꽃은 바람을 좋아한다」 전문

울지 마라
분바른 얼굴에 눈물 자국 서러운 누이야
꽃피고 지는 것이 어디
마음먹고 저지를 불장난도 아닌데
산모롱이 돌다 말고 엊그제를 해적인 들
침침한 그림자들뿐
비 내리고 바람 불면
꽃은 저절로 지는 것
가슴만 무단히 아플 뿐이다
설워 마라
연분홍 치마저고리 수줍던 누이야
벌 나비 오고 가는 것이 어디
마음 놓고 저지른 꽃놀이도 아닌데
뒤돌아서서 손 흔들고 발 동동거려도
봄날은 흔들다 간 노을뿐
비 내리고 바람 불면
꽃도 함께 시드는 것
애꿎은 꽃잎만 날릴 뿐이다

　－「봄날은 간다」 전문

시 한 편을 짓기 위해서 시인은 그의 신명과 모든 정서를 총체적으로 집약하여 집을 짓듯이 시를 창조한다. 하얀 백지 위에 땅을 고르고 주춧돌을 놓고 기둥을 세우고 서까래와 얼기설기 골격을 만들고 꾸미고 장식하여 근사한 집을 지을 수도 있고 또한 도로徒勞의 슬픈 결과에 아픔을 감내하기도 한다. 그러나 시의 신神은 '헐고 다시 지어라'를 순명으로 알라며 원점으로 돌아가는 절망과의 조우遭遇에서 시인의 운명은 처참한 비극의 문 앞에서 좌절 할 수도 있다. 이런 되풀이와 마주선 운명의 시인은 또 다시 시詩 앞에 기도와 마침을 반복하면서 다시 각오를 새롭게 한다. 이는 자식을 낳은 어미의 고통을 비교하면 이해가 된다.

이 세상에서 가장 아픈 고통을 지불하고 자식을 낳지만 사랑 때문에 이내 그 고통을 잊고 또 다시 잉태의 되풀이를 이행하기 때문이다. 시 쓰기도 아이 낳기와 같다는 점에서 창조의 바람이자 희망의 깃발을 따르는 일이다. 그러나 시는 설계도가 없는 집짓기라는 데서 다르다.

시인의 뇌수腦髓에서 발동한 직감과 감정이 이성과 결합하여 치밀한 조직의 시 한편을 짓는 일은 평생의 체험을 응축하여 시로 형상화하는 일과 다름이 없기 때문이다. 화자의 어릴 적 체험 속 누이를 따라가 보면, 나물보다 꽃을 더 좋아했던 누이는 살구처럼 고왔다고 기억해 낸다.

6·25사변으로 폐허가 된 땅에서 보릿고개로 소나무 속껍질이나 찔레 순을 벗겨먹던 시절 ―물도 귀해서 세수도 매일 하기 어려운 시절에 누이가 살구처럼 고왔다고 시인의 가슴이 그렇게

기억하고 있는 것일 뿐 어쩜 지천명 나이일지라도 수녀인 지금의 누이가 그 시절보다 더 곱고 맑은 얼굴로 사랑을 전하고 계실지 모른다고 독자들은 생각할 수도 있을 것이다. 화자에겐 함께 배곯던 누이의 인생에 침침하게 드리운 그림자가 하루 속히 걷히어 연분홍 치마저고리에 수줍던 그 때의 누이만 기억하고 싶은 본능적 치유책으로 '마음먹고 저지른 불장난도 아닌데'와 '마음 놓고 저지른 꽃놀이도 아닌데'라며 누나를 빌어 자신이 위무慰撫되는 시어를 껴안고 봄날은 흘러간 노을뿐 비 내리고 바람 불면 꿈도 함께 시드는 것이니 누이야 울지도 서러워도 말라며 시를 마무리하는 완숙미를 보인다.

현학적인 표현이 아니라서 난해한 시는 아니지만 그럼에도 2연을 9행씩 맞춘 시어의 대칭적 언어비율이나 함축성 내지는 가림막으로 정치된 메타포는 일반적 나긋나긋한 시인들의 전유물이 아닌 화자인 혜원의 시의 특질이라서 가족과 꽃을 사랑하고 계절마다 찬사의 시어로 노래한 시적 여정에 문운이 함께하리라 기대한다.

3. 시적 애매성에 정치精緻된 그리움에 헌시獻詩

미적 향수의 즐거움은 황홀ecstasy에 궁극이 있다. 섹스의 정점이 바로 황홀이라면 무아경無我境의 깊이에 빠질 때, 시는 보인다. 이 경지를 모르는 시인은 껍데기의 이름을 갖고 그저 끼적거리는 사람이다. 푸른 물이나 사랑에 빠질까 말까의 망설임은

섣부른 지적 유희일 뿐 진수에 접근하지 못하기 때문에 관념의 겉을 맴도는 시가 된다. D.huisman은 단순한 미적 즐거움은 관능적 쾌감과는 다른 것으로 자아가 대상을 받아들여, 대상에 몸을 의탁하되, 단순한 쾌락이 대상 쪽에 그 기쁨이 놓이는데 대하여 향수는 오히려 자아自我쪽에 큰 기쁨이 놓여있다고 강조했음은 받아들이는 자기화의 주관성을 주장한 태도일 때에, 시 창작 또한 다름이 아니다. 왜냐하면 시인이 시를 쓰는 것은 자아와 대상이 일체화Identity가 목표이기 때문이다. 2부에서 화자는 사랑을 종자로 삼은 시들이 주류를 이룬다. '사랑은 온몸으로 피워내는 꽃'이라 표현하기도 하고 '서로의 심장에 등불 하나씩 밝혀 주는 것'이라고도 표현하면서 사랑한다는 말 한 마디는 처음 마신 술기운처럼 웃음이 졸졸 새어 나와 별도 달도 따주고 싶은 나무꾼이 되기도 한다는 시어를 구사하는 에로스적 면모도 여실히 보여주는 그야말로 서정시를 맛깔나게 구사하는 정점에 자리한 시인이라서 평을 쓰는 필자에게도 큰 기쁨이다.

> "사랑한다" 썼다 지우고
> "그립다" 썼다 지운
> 가을 다진 별 밤을 끌어안고
> 창밖엔 마른 잎만 수북이 쌓입니다
>
> 어쩌다 당신을 알게 되고
> 내 하루를 당신으로 색칠하여
> 희망과 절망의 물음표를

수도 없이 던져봅니다
당신을 가슴에 담고
부끄럽게 밤길을 걸어봐도
어울리지 않는 한 줄기 바람
가로등만 흔들더이다

나는 "사랑"이라 하고 불빛은 "친구"라 하고
나는 "그립다" 하고 불빛은 "미안하다" 하고
내 가슴에 당신의 호롱불 하나
밝혀두고 싶은 십일월 밤입니다

– 「십일월 밤에」 전문

　사랑의 정의는 수 만 가지의 필설로도 정리가 안 된다는 이유 때문에 모든 사람들은 사랑의 도전에 몸을 바친다. 그 결말은 대체로 공허하고 잡히는 것이 하나도 없지만 사랑 속에 뛰어드는 모험의 감행은 그만큼 절실하고 간절하기 때문에 저마다 다른 소리를 해도 모두가 정답처럼 만족하거나 아니면 갈증을 느끼는 일이 다반사일 것이다. 화자의 어느 십일월 밤이 너무도 사랑스러운 이유도 여기에 기인된다. 시의 애매성Ambiguity으로 유추해 보면 사랑의 대상이 누구인지는 확실하지 않지만 화자는 마음을 전할 요량으로 가을의 끝자락인 11월의 어느 날 별밤을 끌어안고, 썼다 지우기를 반복하는 그 절절함이 한 폭의 명화처럼 그려지기 때문입니다. 2연에서 화자는 '어쩌다 당신을 알게 되고' 나의 하루가 온통 당신으로 색칠해 진다 –고백하면서 희망과 절망의 물음표를 수없이 스스로에게 던져본다는 애절함을 전한다.

밤길을 걸으며 가로등 불빛을 의인화해 대화를 주고받는 대목에선 '나는 사랑이라 하고 불빛은 친구라 하고' '나는 그립다 하고 불빛은 미안하다'한다는 시어에서 서로 좁혀지지 않는 거리가 명확하게 전해오는 안타까움은 절정에 이른다. 화자도 그 거리를 알기에 백번 양보하여 궁극엔 희미한 호롱불이라도 되어 내 가슴에 밝혀 두고 싶다는 희망으로 연시를 마감한다. 시인은 두 가지 갈래로 시를 창조하는바 한 갈래는 후천적인 학습에 의한 시작詩作이 있고 또 한 갈래는 타고난 태생적 시작詩作이 있음인데 혜원 박시인은 외적인 지적 능력도 겸비했지만 무엇보다 부모로부터 물려받은 천생 시인임이 분명하다. 설명하지 않아도 독자에게 전해오는 감동이 범상하지 않음이 그 이유이다. 그리움의 대상과의 거리가 좁혀져 시의 여정에 에너지원이 되길 필자도 응원하며「별 같은 그 사람」,「구월의 노래」,「시월 그대」,「깊어간다는 것」등에서도 −서로 갈 길이 달라 안개 숲을 껴안고 사는 시인의 피멍울을 만날 수 있다.

소중한 하루하루 삶도 만만치 않아
소나기처럼 뛰어다니고 허리가 휘도록 일상에 파묻혀도
뒤돌아보면 늘 아쉽고 아침이면 몸이 무거워
주저앉고 싶은 생각이 들 때가 있습니다

살아가는 것이 별거 아니다 싶다가도
문득 엄습해오는 절벽 같은 외로움에

가슴 깊은 곳으로부터 서러움이 솟구쳐
문밖에 나가는 것조차 망설여집니다

오늘도 주어진 어깨엔 어둠이 내려앉고
집이 보이는 골목 빼꼼한 가로등 하나
길 가 창밖으로 풍기는 구수한 김치찌개 냄새
아이들 웃음소리
이 세상 나 혼자 같다가도 연잎 같은 불씨 하나
마음에 감춰 둔 사람 나만 꺼내 보는 베갯머리
내일 아침 무거운 등을 토닥거려 줄 별 같은 사람을
꿈길에서 기다려봅니다

－「별 같은 그 사람」 전문

4. 가족에 대한 시인의 명상瞑想

　시인은 조용하다. 아우성과 소란은 명상의 길을 차단하기 때문에 비非 시적인 상황이 연출된다. 러시아 K.kandinsky는 "예술가는 모든 형태를 표현에 사용할 수 있다"에는 예술의 가능성은 외적으로 지배받는 것이 아니라 내부에서 느끼는 것과 인식이 결합하여 표현으로 정리된다는 의미로 이해하면 되는데 주변에 대한 인식은 항상 나와 함께하는 점에서 표현의 형태로 살아나기 때문이다. 고향도 그렇고 부모 혹은 가족 또한 그 범주에 속한다. 물론 언제, 어떤 경로를 통해서 출현하는가는 오로지 시인 당사자만이 전권을 갖고 있을 뿐이다.

혜원 박영배 시인의 시에는 가난한 시절 자식들을 위해 허리가 기억자로 굽으신 엄니와 가뭄처럼 마른 살가죽의 아버지에 대한 애잔함, 부잣집에 시집가는 것을 내심 걱정했던 누이가 결국 수녀가 되어 시인의 눈물로 자리한 속 깊은 우애, 스무 살에 결혼해서 50평생 헌신으로 내조한 아내의 망가진 관절을 바라보는 시인의 눈에는 언제나 밝은 듯 젖은 시어가 백지에 내려앉기 일쑤다. 시인들의 소재 대부분이 자연이나 가족이 등장하기 마련이지만 혜원 시인이 구사하는 시어는 고아해서 독자들은 오롯이 그 감성에 나포될 수밖에 없는 마력을 지닌 시인이다. 아버지를 단풍잎에 대입시켜 토해내는 시인의 가슴을 만나보자.

저토록 물들이기 위해
등골 휘도록 무거운 짐 지고
절벽 길 밤길로 달려온
내 아버지 굴곡진 발등
나는 철없이 그 계곡 아래
물처럼 흐르고 있었네

된서리 굽은 몸짓
삐뚤고 힘겨운 곁가지 사이로
힘없이 떨리던 뼈마디
가뭄처럼 마른 살가죽
나는 그 눈물위에

철없이 단풍 들었네
오! 아름다운 조화
황홀한 유채색의 반란
불길로 타오르는 정열
그러나 당신은 지쳐 눕고
속으로 꺼져가는 숨결을
나 그때 왜 몰랐을까
저토록 붉은 핏빛은
꺼져가는 육신으로 지켜온
내 아버지 혼불 같은 것
말없이 등을 토닥여주시던
당신 울퉁불퉁 한 손길이
지금 뼈아프게 그립습니다

– 「단풍잎을 보며」 전문

　세월이 지나면 추억은 담장을 둘러치기 시작하고 언젠가 되돌아 그리움을 나타내는 것이 사람의 인지 능력의 하나일지 모른다. 지난 것은 모조리 그리움이 되고 돌아갈 수 없다는 간격을 두고 그 강을 건너기 위해 사념思念의 강물에 띄우는 소식이 점차 멀어질 때 아득함에 마음 졸이면서 그렇게 혜원 자신도 황혼에 물들어가는 자아를 보게 된다. 그리움은 아름답게 포장되어지지만 40년대 이전이나 이후의 부모세대는 자식들에 입에 무엇을 넣어주기 위한 –오로지 자식들 먹이는 일로 일생을 바쳤다 해도 과언이 아니기에 애잔한 슬픈 곡조로 찾아오는 것이다.
　필자도 빈 도시락에 멀건 강냉이 죽을 한 국자 받아먹으며 공부했던 기억이 새록새록 한데 암울한 일제치하의 고통과 동족상잔의 비참한 6·25를 겪으신 우리 부모님 세대야 더 설명이 무에 필요할까에 이르니 가슴이 먹먹해진다.

화자는 붉게 물든 단풍잎에 아버지의 고단한 삶을 대입시켜 철없이 물처럼 흘렀던 그 시절을 통회하는 자리에 든다. 그 시절로 돌아간다 할지라도 자식이 부모 대신 해 드릴 수 있는 일도 딱히 없으련만 아버지만큼 단풍이 든 지금 나이에 돌아보니 가뭄처럼 마른 살가죽이셨던 아버지의 그 눈물이 자식을 성장시켰음을 '나 그때 왜 몰랐을까'라는 절절한 시어로 사죄하는 효를 다한다. 또한 화자는 저토록 붉은 핏빛은 아버지가 꺼져가며 지켜낸 혼불이라 표현하며 말없이 등을 토닥여 주시던 아버지의 그 울퉁불퉁한 손길이 아버지가 그랬던 것처럼 뼈아프게 그립다는 절창을 토해낸다. 필자는 붉게 물든 단풍잎에 아버지의 고단한 삶을 얹어 반추하는 시인의 가슴이 참으로 따뜻해서 꼬옥 안고 함께 울어보자고 권하고 싶은 마음이 들 정도로 범상한 시인이 아닌 천생 시인이란 결론에 닿는다. 3부는 주로 가족 이야기여서 「누이와 칡꽃」은 초혼에 실패한 누이에게 갱년기에 좋다는 칡꽃을 한 잎 한 잎 따서 보내려는 혜원의 우애가 눈물로 다가오고, 「시월의 그대」와 「시월 어느 날에」는 흔들리는 갈댓잎 너머 나뭇잎 지는 앞산과 마주하며 자신의 삶을 돌아보며 묵상하는 시인의 외로운 어느 시간을 만날 수 있고, 「목단꽃 우리 엄니」는 몽당연필로 수십 년 전에 소천하신 엄니의 얼굴을 그려보는 아들의 사모곡을 만날 수 있다. 하나같이 포근하고 깊이 있는 감성은 독자로 하여금 시의 맛을 찾을 수 있게 하리라 생각

한다. 「한 아름의 꽃」을 만나보자. 시제를 '아내'로 바꿔도 좋을
만큼 반백년을 고생한 아내에 대한 마음이 담겨있다.

　　　지캉, 내캉
　　　스무살 전라도 해남
　　　보리가 새파랄 때 싸리 눈 풀풀 맞으며
　　　혼례를 올렸지요
　　　피도 안 마른 것들이 사모관대 두르고
　　　족두리 쓰고 소꿉놀이도 아니고
　　　뭐 하는 짓이냐고 마을사람들이
　　　기도 안차서 배꼽을 잡다가
　　　하라는 공부는 안 하고
　　　연애질이나 했다고 비아냥거리며
　　　"저것들이 오래 살기나 하겠어?" 하고
　　　혀를 툭툭 찼지요

　　　－ 생 략 －

　　　옛말에 "산입 거미줄 치는 법 없다"라고
　　　직업군인으로 전 후방 산전수전
　　　고생보따리 이고안고 셋방살이 전전하며
　　　신물 나게 살다 보니 아이들은 총만 안 들었지
　　　반은 군인이었다오

　　　사는 것 다 그렇듯
　　　욕심 없이 팔자대로 세월 한 허리에 엉겨

흘러가다 보니 올해 결혼 55년 차
아이들 출가시키고 찾아간 해남 땅
혀를 차던 사람 다 떠나고
우리를 반기는 건
영산강 하구언 둑이더이다

반백 년
가난을 벗느라 발버둥 치고
늘 고뇌하던 아내는 종합병원이 되고
이젠 흰머리 주름살 청춘의 꽃물이 다 바랜
아내 손 꼭 잡고 마을 길 빠져나오며
영원히 함께 살아갈
이 세상에서 가장 소중하고 예쁜
한 아름의 꽃을 꼭 안아주었습니다

– 「한 아름의 꽃」 일부

5연 43행 중 일부를 옮겼다. 혜원의 시는 비교적 호흡이 긴
편이다. 이는 자칫 꼬리를 잡힐 우려가 있는 것도 사실이다. 아
울러 시는 응축凝縮이라는 특성을 대입하면 할 말이 많아 시가
꼭 길어야 하는 호흡의 문제 앞에 서성이게 된다. '하이브리드'
화 되어가는 시적 문화가 팽배해 가지만 그럼에도 시는 줄기와
가지치기 그리고 비틀기와 낯설기로 시의 묘미가 증폭됨을 전
달한다. 스무 살에 혼례를 하고 반백년 넘도록 가난을 극복하고
아들들 결혼시키고 남은 것은 육신의 바스락거림뿐인 지고지순
한 아내와 목포가 고향인 화자는 제 2의 고향인지는 모르겠으나

전라도 해남을 찾아가는 이미지가 동원되는 작품이다. 하라는 공부는 안하고 일찍 결혼하는 스무 살이었던 그 시절 "저것들이 오래 살기나 하겄어?"라고 걱정했던 대상들은 다 떠나고 영산강 하구언 둑만 반기더라는 대목에선 이미 그 곳은 시인의 마음속에 일렁이는 추억의 장소일 뿐이다. -아내 손을 꼭 잡고 마을길을 빠져나오는 은발 부부의 모습이 오버랩 되면서 한 아름의 꽃처럼 이 세상에서 가장 소중하고 예쁜 아내를 꼭 안아주었다는 마무리에서는 한 폭의 잔잔한 영상이 아득한 시간으로 멀어져가는 지난한 세월을 만나게 된다. 「나이가 들어서 참 좋다」에서도 친구 같은 아내가 있어서 더욱 좋다는 혜원의 아내에 대한 깊은 부부애를 엿볼 수 있다. 질곡의 삶을 슬기롭게 잘 살아온 아내의 강령을 필자도 기도한다.

5. 혜원 詩의 편린들

시가 감각적이라는 말에는 신선한 정서의 모임을 일괄해서 말하는 경우가 된다. 의미를 강조하는 철학 詩 보다는 오히려 정서가 신선함이나 생동감을 줄 때 맛깔스런 인상을 획득하는 것은 시의 정서가 신선함을 따라가게 된다는 강조가 될 것이다. 이는 언어의 운용에 섬세하고 독특성을 가미할 때 신선함을 갖는 느낌이 생성한다는 점과 일치한다.

詩는 정서와 의미의 두 축을 갖고 적절한 조화의 지점을 가질 때, 비로소 시가 갖는 감동의 효과를 상승시킬 수 있게 된다는 점이다.

운율이나 이미지 그리고 시적인 배경이나 구성의 묘미는 감정 색조가 선명하게 윤곽을 나타낼 때, 독자의 앞에 진열된 시의 모습은 높은 의미의 공간을 점령하게 될 것이다. 혜원 시인의 시는 상당한 분량의 시가 감각적 결합에서 수려함을 입증하고 있다. 이는 안정감의 언어와 구조를 의미로 환치換置하는 시적 재치와 시어를 제 자리에 배열하는 절차를 맛깔나게 수행하는 뜻으로 이해하면 좋겠다.

추운 밤 엄니는 일찌감치 호롱불 끄시고 유달산 호랑이 이야기로 잠을 재우던 곳 「아홉 칸 집 추억」을 만나보자.

　　　내 고향 목포
　　　유달산 아래 죽교리
　　　입영 열차 타고 떠났던 곳
　　　힘없는 사람들이 가난을 안고
　　　허허한 마음 달래던 유달산 바위

　　　거나하신 아버지 사탕 봉지에
　　　잠을 설치던 유년 시절
　　　석탄 열차가 기적을 울리면
　　　유달산을 한 번 치고 돌아와
　　　동네를 흔들었던 메아리
　　　그때마다 서울 가서 돈 벌어
　　　쩡쩡 울리는 기차를 타고
　　　돌아오는 꿈을 꾸었지

　　　추운 밤이면 엄니는 일찌감치

호롱불을 끄시고 까만 이불속에서
유달산 호랑이를 꺼내셨어
누구 아버지를 물어갔다는 둥
아무개 딸이 물려갔다는 둥
지금도 밤만 되면 호랑이가 내려와
대문을 흔들고 마당에 물통을 굴리거나
천정을 득득 긁는다고 했지

벽 하나 사이로 사생활을 흘리던 집
방귀쟁이 할매는 욕도 잘했지
앞집 누나는 남자가 가끔 바뀌고
뒷집 아이들은 자고 나면 싸우느라
울고불고 코피 터지고
양철지붕 두드리는 빗소리
한밤중에 빗물이 새어들면
새색시 비단 이불 젖을까
이리저리 잠 설치고

엄니는 비 오는 날 새벽같이
도랑에 꽃을 피웠어
노랑꽃 분홍 꽃 아무렇게 묶은 꽃
철철 넘치는 도랑물에
꽃이 조잘거리며 잘도 흘러갔지
동네 사람들이 밖에 나와
코를 벌렁거리기도 했어
지금은 길이 뚫리고
해그림자 바람 찬 신작로
낯선 사람들 상관없는 말소리가 들리는

어딘가에 서서 육십 년 서러움을 풀어놓고
실컷 울고 싶은 곳

　－「아홉 칸 집 추억」 전문

　혜원 박영배시인의 고향은 끈질긴 정신의 원류를 형성하는 인자因子처럼 다양하게 시의 본질을 구성하고 있다. 윤동주는 「또 다른 고향」을 읊었고, 박용철의 「고향」, 노천명의 「고향」, 이원섭의 「내 고향」, 이상화의 「빼앗긴 들에도 봄은 오는가」, 정완영의 「뻐꾸기 소리 떠내려 오는 시냇물에서」 등 모든 시인은 고향을 혹은 실향의 정서를 한결같이 표현한 의도는 절실함의 농도가 그만큼 깊기 때문이다. 심지어 악성 베토벤조차 ‘고향이여, 아름다운 땅이여, 내가 이 세상의 빛을 처음 본 그 나라는 나의 눈앞에 떠올라 항상 아름답고 선명히 보여 온다. 내가 그곳을 떠나온 날의 모습 그대로’라는 말로 고향의 절실함을 토로했다. 시성 杜甫 두보詩聖도 「절구」에서처럼 마음의 아픔을 고향의 그리움으로 환치한 시들은 너무 많아 인용이 번거로울 정도이다.

　화자의 시어에서 ‘지금은 길이 뚫리고’처럼 시간은 벌써 과거로 지나쳤지만 추억은 －벽 하나를 사이에 두고 옆집의 사생활이 흘러나와 다 들리는 －다닥다닥 붙은 아홉 칸의 그 아련한 유년의 기억을, 확실하진 않지만 종심從心이 지난 나이에도 회상하는 정서를 지닌 시인이다. 7연으로 이루어진 장시長詩임에도 어느 시구 하나 생략할 수 없이 다 펼쳐 보여 주는 것은 어머니의 품처럼 한 연마다 따뜻한 이미지가 상당하기 때문이다. 석탄 열차가

기적을 울리면 유달산을 치고 메아리로 돌아온다는 대목에선 철로 변 가까운 장소가 그려지고 가난한 사람끼리 옹기종기 허술한 벽 하나를 사이에 두고 아홉 집의 소소한 이야기들은 슬프지만 너무도 정겨운 이미지로 부각시킨 시인의 기교가 상당히 돋보이는 작품이다.

　4부의 작품 중「형님」은 한결같이 흙과 살아오신 "꽃불 심지 같은" 손위 처남 건강에 대한 염려가 세심하게 터치되어있고, 「중환자 실」은 화자나이 스물다섯 살, 군 복무시절의 사고인지 열여드레의 병상 절규가 스며있고, 「유달산 고모」는 열여덟에 시집 와 사십년을 오르내리던 달동네가 개발되면서 포크레인이 밀어부칠 때 "죽어도 못 나간다"하시던 어머니의 눈물이 전해오고, 「꽃 한 송이 피우려고」는 60후반에 방통대에서 문학 공부를 시작한 열정을 만나게 되고, 「그믐치」는 설마 했던 사람이 뭍으로 가겠다던 화자의 찢어지는 영혼이 됫병소주에 녹아드는 시간을 절절하게 만나게 된다. 어느 詩마다 피로 쓰지 않은 작품이 없다는 결론에 이르니 혜연의 시어 앞에 숙연해 지는 마음이 든다.

「어머니와 여자」를 마무리 시로 펼쳐 본다.

　　　다가가지 마라
　　　눈물이다
　　　고요하고 가련하고
　　　깊고 깊은 그 만경창파
　　　그곳에서 헤어나지 못한 영웅이
　　　어디 한둘이던가

다만,
어머니 눈물은
가까이 다가가야
비로소 보이는 것
그 속엔
진주보다 더 고운
고통이 있다

– 「어머니와 여자」 전문

　화자는 첫 연에서 독자들에게 주는 메시지가 명료하다. '다가가지 마라'라며 독자에게 먼 거리 유지하기를 첫 행으로 열더니 그곳은 '깊고 깊은 만경창파萬頃蒼波'라 알려준다. 그곳에선 헤어 나오지 못한 영웅이 많다는 암시에선 분명 만나선 안 될 어느 부류의 여자의 성을 알려주는 의미리라.

　2연에서 화자는 첫 행을 '다만'이곳은 다가가도 좋다는 함축적 의미로 강조와 긍정적 용단을 전달해줄 요량으로 '다만'이란 두 자를 던진다.

　바로, 어머니 눈물이 보이는 거리를 말함이다. 오히려 가까이 다가가야 보인다고 화자는 독자를 이끈다. 상대를 파멸시키는 유혹의 눈물이 아니라 고통을 삭혀서 만든 진주 같은 어머니의 눈물을 만나게 된다는 메타포를 던지며 깔끔하고도 깊은 시적 완성도를 보여준다.

　화자의 시는 대부분 긴 장시가 주류인 반면 「어머니와 여자」는 단시에 속한다. 필자의 은사님이기도 하셨던 삼가 채수영 문학

박사님의 「가을 하늘」이라는 시제에 '풍 덩' 이라는 단 두 글자가 전부였지만 독자들은 나름의 상상력을 동원해서 무한의 시어를 펼쳐보게 했다.

혜원 박영배 시인의 시적 기교는 두루마리 식으로 전개되어도 모두 삽상颯爽함으로 전해 오리라는 확신을 독자들은 느끼게 되리라 확신한다.

6. 정서의 층계

혜원 박영배 詩는 그 표현의 기교技巧가 섬세하면서도 순수하고 언어의 절제로 탄력을 유지한 시적 완성도는 서정시로는 언덕에 서있다 하겠다. 서문에서 그가 주장한대로 서정성에 무게를 싣고 있으며 다양한 삶의 체험과 인간애 등이 시로 발효되어 독자의 마음을 움직이는 에너지가 상당하다. 자연을 육화肉化하는 등가를 이룩하면서 부모에 대한 효심의 깊이, 누이와 아내에 대한 따스한 인간의 면모까지 절절하게 보여준다. 시적 정서의 층계 또한 고르면서도 심사深思한 메타포가 말해주듯 그의 서정시는 뚜렷한 자리를 차지하리라. 혜원 박영배 詩는 참 고아高雅했다.

성찰省察이 빚은, 물을 닮은 순수純粹 의식
– 이상춘 시집 『물 같은 사람』론

1. 무심無心속 시의 여정旅情

　시는 물처럼 자연스런 유로流路일 때, 감수성의 파문은 아름
다움을 불러온다. 이런 이치는 생활의 순수함과 진솔함이 바탕을
이루는 요소가 되고, 이런 요소는 곧 정신의 줄기를 이어가는
모태로 작동한다. 시는 꾸미고 가꾸는 것이 아니라 물 흐르듯
자연스런 상태로 진입하는 부드러움이고 여기서 언어의 압축에
따른 시어의 탄력이 생성된다. 이상춘 시인의 시는 계산된 언어
가 아니라 순수한 심성에서 자연스럽게 유출된 것이라서 삶의
모습이 전체로 투영되어 하모니를 이룬다.
　화자는 시에 자연을 담고 고향을 담고 사람을 담고 자신을 향한
성찰까지 담아내어 전全 생애가 우직하면서도 꾸준한 시심을
향한 여정을 보여준다. 욕심 없는 투명성의 정서를 시로 담아내
어 물 흐르듯 소곤거리는 리듬으로 독자의 가슴을 위무慰撫하는
그런 시인이다.

2. 이상춘 시인의 순수미純粹美

이상춘 시인의 시는 순수와 담백한 정서가 꾸밈이 없기에 시적 가치가 드러난다. 일상의 소재가 튀는 법이 없고 자연스레 나오는 물줄기처럼 시원하고 구수하다. 마치 이웃집 후덕한 아저씨의 인생 이야기에 끌려가는 것 같은 인상이 우선한다.

일상에 만족을 알면 그의 삶은 가치로 변한다. 이를 일러 안분지족安分知足이라는 말로 처리하지만 이런 자족의 마음을 갖고 사는 ―욕심 없는 무심의 시어는 매우 희귀하다.

이상춘 시인의 맑은 시도詩道를 따라 가보자.

돌과 쇠붙이는
떨어지면 깨지기 쉽지만
물은 떨어져도 깨지는 법이 없지

모든 장애물도
스스로 낮아지고 에돌아
흐르고 흐르다 바다에 이르지

봄날 이슬비처럼 부드럽게
때론 장맛비처럼 우렁차게
필요에 따라 변해야 한다지

우리네 인생도
낮은 곳으로 흐르는 물처럼
겸손하게 흘러가며 사는 것이라지

－「물 같은 사람이 되어라」 전문

　시는 시인의 성정을 나타내는 거울이다. 이상춘 시인은 시인이기에 앞서 수필가이고 한국문인 협회, 경북문인협회 회원이자 국제 팬 한국본부 경북위원회 부회장을 역임하고 있는 －글이 인생 전반을 차지하는 시심의 소유자임이 명징하다.

　시인이 시를 엮고 제목을 정하는 일이 가장 힘들게 고심하는 경우가 많은데 '물 같은 사람'을 정한 것으로 유추해 보건데 노자의 '물의 철학'인 도무수유道無水有 －도는 보이지 않고 눈에 보이는 것 가운데 가장 도에 가까운 것이 바로 물이라는 사상을 화자는 삶에서 체득하고 자신의 시적 중심으로 정하지 않았나 생각된다.

　그렇다, 물은 거슬러 오르는 법이 없고 언제나 낮은 곳을 지향하게 되는 이치를 겸손이라 여기는 화자는 부딪혀도 투쟁하지 아니하며 에돌아가는 물처럼 살자고 화두를 던진다.

　그것이 우리네 인생이라 여기며 그릇 모양대로 담기어 변화하며 적응할 줄 알라는 교훈을 준다. 상선약수上善若水 －최고의 선은 물과 같다는 명구이다. 이러한 메타포를 닮아 순백하게 살자는 시인의 호소로 여겨진다. 이상춘 시인은 아름다운 시심의 소유자이고 멀고도 지난한 시의 여정이지만 물 흐르듯 제 길로 흘러 시도詩道를 이탈하지 않고 큰 바다로 닿으리라는 문운을 기대하게 된다.

3. 순백純白의 시심詩心

시인은 시 앞에 가장 정직한 마음 바탕에서 정제된 언어로 시를 탄생시켜 독자의 가슴에 닿을 때를 생각해서 메타포Metaphor를 사용하고 전달하는 임무를 갖는다. 그 내용 중에는 엄중한 교훈이 될 수도 있고 더러는 아름다운 사랑이야기로도 이어져 온화한 미소로 다가오는 느낌도 될 수 있다. 시가 희로애락을 지닐 때 거기에 휴머니즘의 인간미가 수용되기 때문에 시를 쓰는 일은 스스로의 정신을 발굴하는 일이고 시를 통해 감동의 만족을 향수享受하려는 지적방편일 때가 많다. 시인의 의미구축과 독자를 위한 의의Significance사이에 내재한 차이는 정신의 층위層位에 따라 다른 현상을 목도目睹하게 된다. 그럼으로 시인과 독자의 시 이해의 접점이 완전한 일치를 구현하는 일로 시 앞에서 절절한 고민을 갖는 것이 수용미학受容美學의 문제점이다. 이상춘 시인의 대부분의 시어는 어머니의 손맛처럼 계량컵을 사용하지 않아도 깊고 담백한 맛이 나는 −난해성 보다는 일상에서 누구나 감동할 수 있는 시적 종자를 구현하였기에 독자에게 오롯이 젖어들 수 있는 시적특질을 갖고 있다.

길을 가는데
바닥에 오만 원 권 지폐가 보인다
주워서 저녁 사먹을까
물건을 살까
줍지 않으면 다른 사람이 가져갈 텐데?

잠깐 동안
수많은 생각들 스쳐갔지만
주워서 파출소에 맡기고 나니
날아갈 듯 홀가분하다
부끄러운 마음 아직 남아있지만

－「5만원의 유혹」 전문

　한마디로 사람냄새가 나는 시인이다. 서울에서 내려간 고향, 청송 어느 길에 떨어진 오만 원 권 지폐 한 장에도 시인은 허투루 대하질 않는 일상을 보여준다. 잠깐이지만 내가 줍지 않으면 누군가 주워갈지 몰라 망설였던 자신을 부끄럽다는 시어를 동원하여 반성하는 마음자리는 시를 짓는 구도자의 자질을 여실히 보여준다.
　필자의 스승인 故황금찬 선생님이 말씀하시길 시인은 신과 가장 가까운 사람이라 하셨다. 보는 이 없어도 언제나 마음을 선한 자리에 두고 삶을 유지하는 독실한 신자들처럼 어떤 상황에서든 양심을 속일 수 없는 천생 시인일 수밖에 없는 덕목을 갖추었기에 동심어린 시어를 구사할 수 있음이다. '아이는 어른의 아버지여라 The child is father of the man' 워즈워드의 '레인보우'시 구절 이다. 아이처럼 순수한 마음이어야 그 나라(천국)에 들어 갈 수 있음을 바이블은 가르치고 있다. 짙은 이 가을 남김없이 거름으로 환원되는 낙엽 같은 시인의 평을 쓰는 필자에게도 큰 기쁨이 된다.

4. 햇살처럼 투명한 주의 종

시는 비유일 뿐이다. 다시 말해서 시의 특성은 곧 응축凝縮이라는 줄임의 미학일 때 그 전개 방식은 산문과는 달리 가지치기로 군말은 버리고 오로지 줄기만을 위한 표현의 미학이다. 비유의 방도로 이미지의 뼈를 어떻게든 산뜻하게 건져 올리는가의 방법에 시인의 재능이 귀속되기 때문이다.

늘이고 펴는 일이 산문의 서술敍述기법이라면, 시는 이런 방법과는 정반대의 방향에서 함축含蓄의 여백을 갖는 일이 우선시된다. 그럼으로 시는 여타 산문의 어떤 것보다 어렵고 지난至難한 기교를 갖는 첫째가 비유의 도구를 앞세우는 일이다.

물론 시적 전개의 장치에는 리듬과 이미지, 비유 그리고 상징이나 인유 페러디 등 다양한 구조적인 내포內包가 있을 때 풍부한 표현의 길이 넓어지는 것에서 고급화된 시를 탄생시킬 수 있음이다. 이상현시인은 시에 앞서 수필을 쓰신 터라 시어의 가지치기가 미흡한 점이 보이지만 온화한 내면의 기품으로 담담하게 풀어내는 기교가 신선하기 그지없다. 시를 잘 쓰는 방법을 아는 이는 없다. 그저 다작을 함으로 자신의 시적 고급화를 지향하는 자신과의 싸움에서 승리하는 길이 있을 뿐이라 전한다.

가식 없이 주의말씀 따라 살고자하는 시인의 철학을 만나보자.

비운다는 것은
마음 닿는 대로
가식 없이 그렇게 사는 것이리

포기가 아니라
가진 그대로
순리대로 그냥 사는 것이리
욕심없이
물질에 연연하지 않고
햇살처럼 투명하게 사는 것이리

마음 비운 자리에
사랑과 겸손 믿음을 채워가며
주의말씀 따라 맑게 살아가는 것이리

– 「비운다는 것은」 전문

시는 정신의 그림이다. 누구나 살아가는 일은 뜻과 달리 물질이
필요하게 되고 거기에 타인과 경제적 비교가 끼어들게 되면서
나아가 욕심이 스멀거리는 상황을 직면하게 됨을 종종 만나게
된다. 궁극에는 욕심이 화가되어 수많은 소송이 거의 돈에 관한
문제해결의 마지막 투쟁으로 번져 피고든 원고든 쌍방이 침몰
해가는 예를 우리는 보아왔다.

이천년 전 가난한 목수의 아들로 태어난 예수그리스도의
메시지가 바로 화자가 지향하는 비움의 철학인 '마음이 가난한
자라야 천국에 들어 갈 것이고, 부자가 천국에 들어가기는 낙타가
바늘구멍으로 들어가기보다 어렵다'고 바이블에 기인되어있다.

화자는, 비운다는 것은 하나도 남기지 않는 무無의 상태가
아니라 마음 닿는 대로 가식 없이 사는 것 –다시 말해서 과욕을
부리지 말고 있는 그대로의 순리를 지키며 살자고 독자에게

전한다. 이는 시와 분리된 삶을 사는 시심에선 구사하기 어려운 당당한 표현이라서 필자에게도 감동으로 전해온다. 또한 비운다는 것은 욕심 없이 투명하게 사는 것이고 겸손을 채워가며 주의 말씀에 순종하는 삶이라 전한다. 이 가을 구절초의 향기처럼 요란함을 배제하고 이상춘 시인만의 은은한 가르침의 향기로 다가온다.

주의 사역에 꼭 필요한 중심을 지녔기에 사랑받는 주의 종이란 믿음과 동시에 깊은 시어를 탄생시키기에도 주의 말씀이 깊이를 더해 주리라 확신한다.

5. 거울 속에서 찾은 자화상自畵像

나르시스의 전설은 어디에나 있다. 거울은 나와 또 다른 나의 만남이다.

거울 속 나를 통해 나를 확인하는 ―옷매무새를 고치고 머릿결을 정리하며 표정도 이리 저리 고쳐보게 된다. 자아가 자아를 볼 수 있는 길은 영원히 없기에 거울을 통해서 나를 나로 인정하는 절차를 날마다 반복하지만 실상은 정확한 나로 볼 것인가는 철학적 의미가 따르게 된다. 거울은 결코 대답을 하지 않기에 찾음은 인간의 본래 것이고, 그 본래의 무게를 짊어지고 형벌같은 길을 답파踏破해야만 삶의 길이 존재하는 것이다.

미지未知를 찾아가는 길은 숙명이고 이 숙명을 해결하는 방도는 결코 거울에선 찾을 길이 없기에 화자는 엉엉 울 때도 있다고 표현한다.

우울할 때 거울을 본다
거울을 본 후라야
무엇이든 시작하는 이 버릇

어떤 때는 짧게 일 분
어떤 때는 길게 삼 십분

가끔은 비친 내 모습이
초라해 보이고 미워 보이면
돌아 설 때가 있고
연민에 빠져 엉엉 울 때도 있지만

거울 속 내 얼굴
멍하니 보고 있노라면 평안해지고
지난일 반성하며 들여다보노라면
표정이 한결 부드러워지기도 하지

청정한 시인으로
깊이 성찰하며 살라고 말하기도하지

  ─「거울을 자주 본다」 전문

　　인간은 외로운 존재다. 인간만큼 고독한 존재는 없다. 그것이
인간의 기본 명제이다. 태어날 때도 혼자였고 죽을 때도 혼자
죽어가는 것이다. 인간이 외롭다는 사실을 이해하지 못 한다면
삶 자체도 이해할 수가 없다. '외롭기에 인간이다'라는 말은 단
지 혼자라는 의미만은 아닐 것이다.

혼자 있어도 마음에 종교적인 의지의 대상이나 인간적인 사랑이라도 있으면 외롭지 않기 때문이다. 정 반대로 가족이 많아도 내면의 일치가 부족하고 소통이 되지 않으면 더 외로울 수 있음이 인간이다.

화자는 우울할 때 거울을 본다고 한다. 우울의 속성이 바로 외로움이라는 것을 알 것이다. 외로움의 어원은 하나를 뜻하는 '외'와 '그러함' '그럴 만함'의 뜻을 더하여 형용사를 만드는 접미사 '~롭다'를 붙여서 만들어진 것으로 안다. 코로나 19로 특별하지 않은 일상조차도 언택트라는 비 대면이 방역수칙이 되어 2년이란 시간동안 화자뿐만 아니라 세계인구 대부분이 우울과 비탄에 빠진 작금의 상황에서 더욱이 시를 쓰는 시인들은 여린 촉수를 지녔기에 더할 나위 없이 우울함에 허덕일 수밖에 없음이 현실이다.

거울을 멍하니 바라보고 있으면 평안해 진다는 시인은 아마도 거울 속 자신의 표정이 온화해 보일 때일 것이다. 거울은 내 표정뿐만 아니라 내 마음 상태를 그때그때 드러내주기에 어느 때는 너무도 초라해 보이고 어느 때는 한결 부드럽게 보이는 이치는 당연하다 할 것이나 화자는 거울을 본 후라야 무슨 일이든 시작한다니 어떤 일을 시작하기에 앞서 마음 챙김이 아닐까싶다. 화자가 남성임에도 섬세한 심성을 지녔기에 모르는 독자는 자칫 여류시인이라 착각할 정도로 정신세계가 순수하고 급랭한 얼음처럼 투명성을 지녔다. 이는 시인의 자질로는 부러움의 대상일 만큼 누구에게나 있기 힘든 감성적 DNA를 주신 부모님께 감사해야할 일이다. 초심을 잃지 않는 건필로 문운을 기대해 본다.

6. 자연의 언어로 그린 고향 그리고 어머니

'시는 자연이다'라는 말은 자연에서 시적 소재를 취한다는 뜻도 있지만 인간도 자연의 일부라는 넓은 의미의 자연관은 결국 시와 자연의 등가等價는 피할 수 없는 정서의 나열이라는 점에서 자연을 벗어나면 어떤 것도 성립이 불가능하다는 말이 된다. 결국 인간은 자연에서의 인간 즉 자연을 벗어나서는 존재의 근거를 상실한다는 점에서 자연은 곧 인간이고 자연을 표현하는 시는 결국 자연으로 귀속되는 이름인 것이다.

물론 세부적으로 구분하면 살아가는 생활을 표현하는 시도 있고, 또 형이상학적인 생각을 나타내는 시도 있을 수 있다. 그러나 광범위한 전제위에서 시는 곧 자연을 그리는 일에 불과하다.

해와 달 혹은 산과 계곡 또는 바다나 강, 나무와 초목들 그리고 바람에 흔들리는 꽃들의 이야기는 결국 시의 모두를 이루는 소재이면서 그것이 구체적인 이미지로 작동될 때, 시는 자연의 숨소리를 나타내는 수채화 혹은 풍경화의 그림을 그리는 시인 —이상현시인의 시를 일별—瞥하면 결론이 유도 된다. 스치는 바람과 친구도 되어보고 꽃 한 송이 피어낸 자리에 앉아 지난 일도 되돌아보는 화자는 짙은 단풍에게 고민도 털어놓는 그야말로 자연이 영적인 치유이자 시詩의 소재들이다.

> 거친 비바람 세월 속에
> 하늘 향해 치솟은 일곱 봉우리
> 거대한 암벽이라 그 이름 석병산 이라하네

기암바위 선두로
신선세계 들어가는 용추협곡 폭포들
주방천 휘도는 생명의 근원이 되었다네

청학백학 노닐던 학소대
넘어질 듯 서 있는 급수대
주왕굴 주왕암 연화봉 시루봉
향로봉 관음봉 촛대봉 무장굴
열한 비경을 한 몸에 품어 주왕산 이라하네
생명 구하고자 숨어들어
끝내 한 많은 생을 마감한 주왕의 넋
그 넋을 기리며 피어나는 핏빛 수달래 전설
긴 세월 외세의 침입에 견뎌온 시간만큼
누구도 범하지 못할 위용 청송을 지키고 있네

예부터 나라와 민족과 고향을 사랑하며
목숨을 초개와 같이 여긴 호국영령 잠든 곳
기암의 절개를 닮아 천년을 견뎌낸 곳이라네

청송 주왕산면은 내 고향
세계에서 인정한 지질공원
주왕산에 오면 전설 속 주인공이 된다네
그 누구든지…

– 「주왕산 사랑」 전문

　　고향 청송을 지극히 사랑하는 화자는 주왕산의 위용을 섬세한
관찰로 터치해나간다. 주왕산은 주왕이 생명을 부지하려 숨어든

은신처이기도 하지만 산이란 모든 것을 포용함으로써 산이 된다. 힐링의 맑은 공기를 공급 하고 짐승이 들어가 쉴 수도 있고 갖가지 식물 또한 그 품에 자랄 수 있으니 모든 생명이 의지관계이고 동화의 관계망이 형성된다.

화자는 구석구석 비경들을 시에 안착시켜 고향 주왕산을 품는다.

또한 주왕산에 오면 누구든지 전설 속 주인공이 된다고 방문해 주기를 유혹 한다. 필자도 학창시절 MT로 주왕산에서 달기약수터 물로 포르스럼한 약밥을 지어 맛있게 먹고 절구폭포에서 용기 있는 남학생의 프로포즈도 받은 곳이라 생경스럽다. 특히 그 지방의 사과 맛이 일품이었던 기억도 난다. 설악산을 축소해서 옮겨 놓은 듯, 주왕산은 한 번쯤은 가 봐야할 명산임이 분명하다. 그곳이 고향인 화자는 문도文道를 가기엔 안성맞춤이라 생각된다.

산은 형이상학적인 면에서는 고된 인생살이에서 극복해야할 고난의 상징이기도 하다. 산을 넘으면 또 산이 다가오고 고통의 산은 죽는 날까지 이어진다. 마치 칼 붓세의 '산 넘어 저쪽' 시에서 '산 넘어 언덕 너머 하늘 밑 행복은 있다고 사람들은 말하네. 아 나도 친구 따라 찾아갔다가 눈물만 머금고 돌아왔다네.'라고 우리네 인생의 고난을 산에 비유했다.

모든 산이 화자가 일갈하는 위용 있는 자연의 산이면 무에 더 바랄까만 인생의 고달픈 순간순간을 넘어야 할 산이란 표현도 있음을 전한다.

7. 어머니의 따스한 사투리

　국어사전에서 어머니는 '나를 낳은 여자'로 풀이한다. 이 얼마나 밋밋한지 필자도 유감이지만 사전은 가장 엄밀하고 정확한 필요에서 출발하는 것이 정의이기 때문이리라. 하지만 어머니 혹은 엄마를 연상하면 따스하고 정답고 포근하고 안타까운 동시에 그리움이 되는 여러 감정이 교차하는 이미지로 다가든다. 이는 시적인 뉘앙스이기 때문에 어머니는 항상 다정이란 이름과 희생이란 의미가 두드러지게 시화詩化되는 상징이다.

　모든 동식물에 이르기까지 모태의 근원은 자기의 근본을 의미하기 때문에 잊지 못 하는 이름이 되는 것은 당연하다 하겠다.

　미국이 필리핀을 점령했을 때의 일인데, 마닐라 해안을 향해 함포사격을 하려할 때, 한 해병의 옷이 바다에 떨어졌다. 상사가 말렸으나 그 해병은 물에 뛰어들어 자기의 옷을 건졌다. 그러나 명령 불복종 죄로 군법에 회부되어 법정에 서게 되었다. 사법관 듀이 장군이 왜 물에 뛰어 들었냐고 물으니 해병은 젖은 옷 속에 어머니의 사진을 꺼내어 보여주었다. 장군은 감동하여 그에게 악수를 청하며 '어머니의 사진 때문에 이처럼 희생정신을 발휘하였음은 놀라운 일이다'라고 하면서 특사했다. 어머니의 사랑은 위대했기 때문에 자기의 목숨을 걸고까지 어머니의 사진을 건져 낸 것이며 그 결과 억울한 죄명에서 풀려난 것이다. 이어령 편저 『문장 대백과사전에서 어머니는 인간 앞에 보여 지는 신의 다른 이름이라고 필자는 주장한다.

　물질이 모든 것을 제치고 우선시되는 현실에 돈 때문에 부모를 살해하는 폐륜도 있지만 자식을 돈 때문에 살해하는 어머니는 본 적이 없다. 필자가 생각하기엔 어머니란 시제가 가장 어렵다. 한때는 한 몸이었다가 둘로 나뉘었건만 어머니는 퍼주어도 마르지 않는 화수분처럼 자식을 위해 희생하는 모정은 신의 영역이라서 도무지 자식입장에선 이해불가理解不可하기 때문이다. 화자역시 이러한 어머니와 통화하는 모습을 만나보자.

> "아들아 우째사노
> 우야든동 다치지 말고
> 잘 머꼬 아프지 말고
> 기죽지 말고 그리 살아야 한데이"
> "내사 마 막내 때문에
> 잠을 몬 잡니더"
>
> "우얄라꼬 그라노
> 형제간에 우애 있게 살아야 하는기라"
>
> "너거들 머해 머꼬 사는지 마이 궁금타
> 더부에 병나지 말고
> 우야든동 잘 살거레이"
>
> – 「엄마의 소리」 전문

아들이 어떻게 사는지 ("우째 사노?") 어머니가 궁금해 하시니. 화자의 대답은 막내 때문에 잠을 못 잔다고 답하는 대목에서

-어느 집안이던 집안에 원수 같은 개구쟁이가 있기 마련이라 아마도 화자의 집안에도 막내가 순탄하게 살지 못해 속을 썩는 다는 하소가 오히려 사투리에 실려 구수하면서 정겨운 맛으로 다가온다. 어머니는 그러지 말고 우애 있게 살기를 소망하는 안타까움이 ("우짤라꼬 그라노") 한스럽게 담겨져 독자에게 전달 된다.

모든 어머니가 그렇듯 너희들 어떻게 벌어서 제대로 먹고 사는지 많이 걱정되고 궁금하다는 어머니의 마음이 ("너거들 머해 머꼬 사는지 마이 궁금타")라는 경상도 사투에 실려 가슴 저린 사랑 으로 전달된다.

구순 넘어 노구를 이끄신 어머니는 어떻게 드시고 사시는지 궁금하고 염려된다. 궁극에 가서 어머니는 더위에 병나지 말고 어찌하든 잘 살기를 ("우야든동 잘 살거레이") 당부하시고 부자 간의 전화 목소리는 막을 내리지만 아들로서 못 다한 말은 얼마 나 많이 남았을까?!에 독자들은 나름의 시어를 생산 해 볼 것이 라 생각된다. 막내도 어머니도 온 가족이 건강하시고 순탄하신 삶으로 화자의 시의 여정에 걸림이 되지 않길 필자도 기도한다.

8. 시인의 고향, 청송靑松 사랑

청송군靑松郡은 경상북도 중동부에 있는 군이다. 태백산맥의 영향으로 동·남 북부가 산악지형을 이루고, 동쪽으로 주왕산국 립공원과 주산지등의 명소가 있다. 주산물로는 고추와 사과가 있고, 군청소재지는 청송 읍이고 행정구역은 1읍 7면으로 되어 있다. 산소카페 청송군은 전 지역이 산으로 둘러싸여 자연환경이 수려한 지역이지만 경상북도가 경부선과 경부고속도로가 통하는 남부지역을 개발하였기 때문에 상대적으로 북부지역은 낙후된 곳이라 안다. 그러한 기반으로 가장 매서운 청송교도소가 진보 면에 들어선 이유이기도 한 지역이다.

이상춘시인의 고향인 청송에는 진보 면에서 출생하여 민족사의 비극을 쓴 소설가 김주영의 소설 '객주'를 모티브로 한 객주 문학관, 일평생 우리나라 아름다운 강산을 수묵화로 그려 담은, 야송 이원좌 선생이 운영하고 있는 야송미술관과 위장병과 관절에 좋은 달기약수, 신촌약수터가 자랑인 곳이다. 화자역시 문운의 뜻을 품은 청송의 아들이고 수필가이자 시인이다.

상대적으로 타 지역보다 지가地價는 약할 수 있겠으나 문인이 살기엔 더 없이 좋은 곳이 아닐까라는 욕심이 생긴다.

시인은 그가 살고 있는 환경을 민감하게 작품으로 수용한다. 왜냐하면 체험의 요소가 상상력과 결합하는 일은 일차적으로 만나는 것에 대한 수용과 반응으로 작품의 형성이 시작되기 때문이다. 도시에 사는 사람의 정서와 전원의 풍광에 접하면서 사는 사람의 심성心性에는 본질적으로 차이가 있는 것이 이런 증거가 된다. 굳이 환경설을 거론할 이유도 아니지만 만지고 경험한 것은 학습의 지속적인 효과가 다대하기 때문이다.

청송이 고향인 이상춘시인의 시에는 자연의 함량이 진하게 녹아있다.

화자의 '내 고향 청송'도 그러하다.

바닷가에 태어난 이들은
바다를 그리워하고
농촌에 태어난 이들은
농촌을 그리워한다지

나는 보릿고개 그 시절이
고스란히 그리워지는 이유

보리와 콩 구워 먹고
감자 옥수수 고구마 삶아 먹고
진달래 찔레 다래 머루 따 먹던

앞산 뒷산 무덤서 뛰어 놀다
잔디밭에 철퍼덕 누우면
뭉게뭉게 피어나는 구름사이
까마귀 까치 솔개들 날았었던

어스름 땅거미 스며들던
커지는 풀벌레 울음소리
아직도 아련함으로 쌓이는 내 고향 청송

– 「내 고향 청송」 전문

  시는 교훈을 설득하는 것도 더러 있겠으나 사실은 정서를 전달
하는 방법으로 직관의 감수성을 펼치는 작업이기 때문에 비유의
숲을 통과하는 일이 되어야 한다. 그리고 잠시 힘겨운 삶의 무게를

내려놓고 동심으로 돌아갈 때, 순수의 사다리를 타고 시의 길이 트이는 것이다.

어린 아이뿐만 아니라 어른이라도 얼마든지 무지개의 꿈을 따라 상상의 세계를 날을 수 있기에 그러한 정서는 시의 깊이로 나타날 수 있는 이름이 된다.

화자는 청송 산골에서 태어났기에 춘궁기에 겪었을 보릿고개가 아련히 그리워진다고 회갑을 넘은 나이에 회상을 한다. 다시 그 시절로 돌아가고 싶다는 의미가 아니라 지나고 보니 견디기 힘들었던 시대적 고통도 시인의 마음엔 아름다운 추억 내지는 그리움으로 따라온다는 의미리라.

지금에야 잘 살든 못 살든 배를 주리며 사는 사람은 드물 것이다. 6·25사변이 끝나고 폐허가 된 시기 즈음에 태어난 사람이라면 화자의 시어에서 하나같이 공감대를 형성하게 될 것이다. 진달래 찔레순 다래 머루 따 먹던 그 시절, 어스름 땅거미 스며들면 풀벌레소리들의 합창이 들리는 듯 아직도 아련함으로 쌓인다니 천생 향토시인다운 표현이 아닐 수 없다. 섬세한 시의 여정이 환하다 전하고 싶다.

9. 십자가를 지신 연유緣由에 대한 통회痛悔

그리스도인들에게는 삶의 이유와 목적이 분명하다. 어떠한 일을 하든지 하나님의 영광과 연관이 되어야 하는 연유이다. 역도 선수 "장미란"은 역도로 하나님께 영광을 돌리듯 화자는 시詩로 수필隨筆로 하나님께 영광이 되게 할 삶으로 보인다. 그러한 달란트역시 하나님으로 부여 받았음을 인정하고 믿기 때문이다.

그리스도인이라면 그리스도인으로서의 정체성 확립이 우선되어야한다.

개가 짖어도 기차는 달리듯이 기차의 사명은 목적지를 향해 달리는 것이기 때문이다. 이를 잘 알고 있는 사람이 바로 '다윗'이다. 이스라엘 백성이자 양치기 소년인 다윗은 개울가에서 매끄러운 돌 다섯 개를 골라 3m가 넘는 키에 전신갑옷에 칼과 창까지 든 블레셋장군 '골리앗'과의 일대일 싸움에서 돌을 무릿매 끈에 매어 무릿매질로 골리앗의 유일하게 비어있는 이마를 명중시켜 쓰러뜨린다. 어이없는 상대라 형도 놀리지만 다윗은 하나님이 분명 승리하게 해 주신다는 믿음하나로 맞섰던 것이다.

바이블엔 기록이 없지만 골리앗의 오만방자한 기세를 꺾기위해 다윗은 돌 던지는 연습을 손이 터지고 발이 부르트게 열심을 다한 연후에 하나님께 후일을 부탁하지 않았을까 생각하면 그리스도인들의 정체성은 오직 하나님이 역사해 주심을 믿고 실행하는 −독실한 신자라면 충직한 청지기의 역할로 삶을 영위하기마련이다.

화자의 시 중에 '오늘의 기도' '하루를 여는 기도' '부활의 소망' '부활절' '주님께 드리는 기도문' '고난 주간에 드리는 기도' '기쁨으로 살게   하옵소서' 등 심연에 아가페적 사랑이 중무장되었음이 명확해 보인다.

가시면류관 씌워져 흘리신 보혈과
채찍과 비방과 조롱 그 모든 것이
설마 내 죄를 대신한 형벌인줄 몰랐습니다
양손 양발에 대못 박히고
날선 창에 옆구리 찔리시어
피 흘리시며 고통으로 몸부림칠 때도
설마
당신이 나의 죄 때문에
대신 당하는 고통인줄 몰랐습니다

돌무덤 깨시고 부활하사
의심하는 저희에게 못 자국 보여주며
평안을 주신 당신을 사랑하지 않고는 견딜 수 없는
당신은 진정한 하나님의 아들이십니다
부활의 소망되신 나의 주님!
뜨겁게 앙모합니다 이 죄인을 용서하소서

　　－「부활절」 전문

　인간은 한계를 아는 점에서 지혜로운 동물이다. 이는 미래에
어찌 될 것인가의 해답에 궁금증이나 어디로 갈 것인가를 예상
하면 무엇을 찾아 나서야 한다는 기둥이 필요하게 된다. 이런
마음에 절대자에 귀의歸依하려는 정서가 팽창되는 이치다.
　지구상에 존재하는 모든 종교는 선을 향한 자신의 마음 챙김
이 본질이다. 그리스도의 사랑이나 부처의 자비가 모두 선을
추구하라는 가르침이다. 그런 면에서 시詩를 창조하는 마음과

맞닿아있음이다. 시인이란 그냥 모두를 사랑하는 자 이고. 자신의 자긍심으로 깃발 하나 추켜들고 세상을 바라보는 자세가 지극히 겸손하고 배려하는 시샘이라야 시가 솟느니 시인과 종교는 같은 방향을 향하는 구도자일 뿐이란 설명이다.

그러하기에 종교가 없는 작가보다 중심에 신앙을 지닌 작가의 글이 독자에게 감동의 눈물을 선사할 수 있음이다. 화자역시 중심에 그리스도인의 본분을 망각할까 '늘 새롭게 하소서' 기도하는 마음으로 '어제보다 오늘 더 기도하게 해 달라'는 시어를 표현할 수 있음이다.

종교가 우리 인간에게 미치는 영향은 더 설명이 필요 없겠다만 정적인 불교를 국교로 정한 나라보다 동적인 기독교를 국교로 정한 나라들이 더 부강한 것을 감안하면 황무지에서 장미를 피울 수 있다고 가르치는 기독교의 개척정신이 이룬 결과이리라.

우리는 역사를 'History'라 한다. 직역하면 '그 남자의 이야기'인데 그 남자가 바로 예수라는 뜻이다.

필자는 일찍이 동·서양철학에 심취해 탐구한적이 있는데, 기원전 'BC'는 'Before Christ' 예수 이전에'를 의미하고 기원후 'AD'는 라틴어 'Anno Domini' '주의 해 또는 주후'로 번역하기도 한다. 이는 종교와 무관한 인류조차도 사용하는 것을 미루어 봐도 예수가 인간의 구세주라고 믿는 많은 서양 기독교 문화권의 승리라 생각한다.

화자는 '예수의 고난이 내 죄를 대신한 형벌인 줄 몰랐다'고 자백하지만 이제는 알았다는 확신에 찬 사죄의 표현으로 '정말 몰랐습니다.' 라고 거듭 통회痛悔하는 자리에 들게 된다.

삼 일만에 다시 살아나셔서 의심하는 제자 '도마'에게 못 자국을 보여주며 '평안을 주신 당신을 사랑하지 않고는 견딜 수 없다'는 신심信心을 나타낸다. 부활의 소망을 지닌 화자는 '이 죄인을 용서 하소서 당신을 뜨겁게 앙모仰慕합니다'라며 시를 완성한다.

시작詩作에서는 종교색체를 여실히 보여주는 것보다 시의 애매성Ambiguity을 도입하여 대상을 당신이라는 이름 속에 숨겨두는 기교技巧도 필요하다 전한다.

10. 이상춘의 수필 隨筆에 담긴 영혼

수필은 자기와의 만남이다. 거짓 없이 체와 척을 버리고 본래의 나와 조우遭遇하는 문학이다.

시와 달리 난해성이나 애매성이나 함축성이 필요 없는 —허풍도 위선도 모두 버리고 살아온 순간을 스냅사진처럼 펼쳐 보이는 것이 수필이다.

수필과 에세이의 어의語義로는 동양에서 '수필'이란 말을 표제에 최초로 쓴 책이 중국 유학자인 '홍매'가 쓴 『용재수필容齋隨筆』이었다, 서양에서는 '에세이'란 말로 표제에 최초로 쓴 책이 프랑스작가 몽테뉴의 저서 『에세Les Essais』였다. 소설과 달리 심적 나상裸像을 있는 그대로 드러내어 솔직 담백하게 피력하는 것이 수필의 본질이다.

수필은 살아온 시간에다 살아 갈 시간을 포함하여 부끄러운 순간이든 아름다운 순간이든 진솔한 마음에서 자신을 들여다보는 고백서라 하겠다.

한 때는 일정한 체계나 문장형식에 구애받지 않는다하여 예술적 가치를 인정받지 못하는 잡문이라는 이름으로 −되는대로 쓴 글로 치부되었으나 21세기에 가장 아름다운 문학 장르가 수필이 아닐까 생각한다. 수필이야말로 작가의 인간미를 고스란히 드러내는 테마문학이라고 필자는 주장한다. 수필 내용 안에서 함축하여 시로 전환하는 기교도 찾아보기를 화자에게 권한다. 상제하는 수필 작품은 '고향' '아름다운 대인 관계' '고추' 등 세편이다. 상당한 필력으로 미루어 청송에 또 한 분의 작가로 한 획을 그으리라 짐작된다.

산중이라 논밭은 비탈져 천수답이었고 길도 매우 좁았다. 농기구라야 호미, 곡괭이, 삽, 낫, 소쿠리, 삼태기, 지게, 탈곡기 정도였다. 지게는 비탈지고 구부러진 산길을 따라 좁은 논두렁을 오가며 땔감과 소꼴, 볏단 등을 짊어지고 운반하던 유일한 도구였다. 등이 휘어져라 지게를 진 아버지의 모습은 힘들고 고달팠던 삶의 흔적을 고스란히 떠올리게 한다. 지금도 지게를 보면 아버지에 대한 그리움이 몰려온다. 아버지는 온 몸이 농기구였다.

− 중 략 −

홍 골 냇가에서 멱을 감고 배나무 골에 들어가서는 소에게 풀을 먹이면서 친구들과 파란 하늘을 올려다보며 목동의 꿈을 꾸었다. 풀밭에서는 심심풀이로 네잎클로버를 찾아 다녔다. 뒷산에서는 알밤을 주웠고, 바른 골 깊숙한 골짜기에 들어가서는 다래, 어름, 포구, 돌배, 등을 따먹었다. 산골의 공기는 얼마나 차고 매섭던지 얼굴 피부가 터져 피가 나기도 했다.

자주 씻지 못해 머리와 옷에 이가 득실거려 곤혹을 치르기도 했지만 지금 생각하면 이것마저 그리운 추억거리가 되었다.

　수필문학은 결국 인간의 이야기라서 내 이야기이자 독자의 이야기도 될 수 있는 체험적 사실을 문자로 표현하는 것이다.
　신산辛酸했던 경험조차도 발효시켜 담담함으로 무장되었을 때 표현한 수필은 독자에게 감동으로 전달되어지는 최고의 문학 장르가 수필이다.
　수필 '고향'에서 화자가 보여주듯이 추억은 넓은 길을 만들면서도 멀리 지난 거리감으로 애달픔을 부추긴다. 청송은 분지라서 더 춥고 더욱이 배고픈 시절 고생하시던 아버지의 고단한 모습은 화자에게 영원히 각인되어진 애상哀想으로 자리한다.
　아버지의 잎담배 냄새를 맡고 자란 −목동이 꿈이었던 소년이 자라서 그 옛날 아버지나이 즈음에 시인이 되어 '아버지는 온몸이 농기구였다'라고 반추하는 대목에선 감동이 밀려든다. 나이가 깊어지면 회상의 길은 넓어지고 소싯적 고향 동무들과의 추레한 놀이조차도 오롯이 자아 속에 행복한 그리움으로 깃들게 된다.
　화자의 수필 '고향'은 가슴으로 쓴 언어라서 청산을 건너오는 훈풍처럼 독자의 가슴에 잔잔히 젖어들 것이다.
　수필 '아름다운 대인관계'에서는 자신의 이익을 위해 다른 사람을 이용해선 안 된다는 교훈과 언제나 타인을 사랑하는 마음을 갖자고 호소하는 지극히 화자의 맑은 성정 그대로의 표현이 핵심이다.
　수필 '고추'는 옛날 우리네 풍습 중에 아들을 낳았을 때 인줄에

숯과 빨간 고추를 달았던 사실과 장 담글 때 쓰던 고추와는 무관함을 지적하며 옛사람들은 붉은색이 귀신을 좇는다고 여겼기에 아기가 태어나 백일이 되는 날 수수떡을 해 먹었던 사실과 동짓날 팥죽을 쑤어서 문설주에 뿌리던 풍습을 자세히 표현하면서 요즘 우리들 마음속에 있는 잡귀는 무엇으로 막을 수 있을까?!라며 마치 나는 막는 방법을 알고 있다.(하나님을 믿으면 된다)는 숨은 뜻을 남기고 탈고를 한다.

화자의 수필隨筆에 깃든 언어의 전달과 시詩에 내재된 시어 구축 술을 미루어 보아 이상춘 시인의 글 여정이 상당히 기대된다. 맑고 투명한 작가의 글을 만나게 되어 필자에게도 큰 기쁨이었다는 마음 전하며 시평을 닫는다.

삿갓峰이 키운 시적 아우라에 담긴 서정성 고갱이
- 장성열 시집 『파파실』론

1. 시는 시인의 거울이다.

　시는 시인의 표정이다. 꾸밀 수 없고 우회가 없는 정신의 내밀한 고백이기 때문에 어떤 계측보다 정확하고 옳다는 점에서 시인이 쓴 시는 곧 시인 자신의 거울을 들여다보는 것과 같은 이치에 접근한다. 왜냐하면 시는 곧 시인의 정신을 나타내는 온도계이고 정직한 삶의 표정이 담겨지기 때문이다. 물론 시적장치 -비유에의 은유 혹은 직유나 상징 혹은 역설 등의 장치를 통해서 의식을 기록하기 때문에 아주 정밀한 심리적인 현상이 나타나게 된다. 물론 시인은 시적 장치를 통해서 항상 낯설게 하기라는 장치를 가동하지만, 시의 특성을 열어보면 거개가 자기를 나타내는 방법에서 벗어나는 것이 아닌 진실성에 무게를 갖는다.
　자기를 꾸미는 것 혹은 과장하는 것과 진실성은 다르다. 진실한 삶의 바탕위에서 시의 요소로써의 의상을 입는 방법을 갖출 때, 그의 시는 진솔성에 의한 감동이 따라온다. 이런 기저基底 위에서 시는 곧 시인을 나타내는 그림과 다름이 없다. 장시인은 시인이자, 평생을 교육의 현장에서 혁신적인 교육을 선도하시던 교육장으로서의 다양한 문학 섭렵涉獵의 결과물로 장성열시인의 시집 『파파실』에는 가난이란 굴레가 이십 세가 되기도 전에 지난한 삶의 근육을 키운 아우라가 잘 조화된 시적묘사로 투영되었기에 상당한 시적 정치망을 갖춘 시인임이 명징하게 드러난다.

시인이 시집을 출간하는 데는 목적이 있다. 다시 말해서 시인 정신의 응축凝縮을 나타내는 의도가 있다는 점에서 그의 사상을 보여주는 거울이고 삶의 표정이고 또 과거와 미래를 연결하는 징검다리의 역할이기에 시인은 온 힘을 다해서 자기를 표현한다.

독자가 한권의 책이나 시집을 읽어야하는 이유가 그런 점에서 타산지석他山之石의 거울보기라는 뜻이다. 다시 말해서 거울 속에 시인의 모습을 독자가 자기화의 거울로 환치換置할 때, 문학적인 감동에 숨은 교훈적인 가치에 다가갈 수 있기 때문이다.

장성열시인의 「파파실 −유년의 꿈」을 만나보자.

> 해마다 소풍날이면
> 참꽃 질편한 당산에 숨어
> 색색으로 꾸물거리는 먼 장사진을 바라보다가
> 이내 흐려지는 그림
> 마지막 꼬리가 산모퉁이를 돌아 숨으면
> 젖은 눈 훔쳐낸 손바닥이 짓무르게
> 긴 봄날 하루를
> 진달래 꽃잎을 비볐다
> 붉은 꽃잎으로 채운 허기로
> 철부지 울음은 달래보지만
> 어김없이 찾아온 배앓이를 하는 밤

밤새 보랏빛 입술로
소쩍새 울음을 따라 울었다

- 중 략 -

강냉이 죽 양동이 앞에서
하얀 백기를 들고 투항하는 병사처럼
연노랑마저 바래버린 국물을 담고
생명처럼 받들던 사각 양은 도시락
갈 때나 올 때나 늘 빈 도시락
마시면 단 숨도 필요 없을 멀건 죽그릇에
수저는 왜 필요했는지
뜀박질로 오가던 책보 속에선
숟가락 소리가 숙명처럼 달그락거렸다

밀린 기성회비 50원이
첫 시간 국어책을 열기도 전에
비 오는 오리 길로
초라한 2학년을 내몰았다
가난한 이마를 타고 내린 빗물도
야윈 눈가를 지나면 눈물이 된다

- 「파파실 -유년의 꿈」 일부

　가난이란 눈물겨운 이름이다. 장성열시인의 수필과도 같
은 장시長詩에는 유명한 화가의 수채화 같은 그림이 그려진다.
1950년, 동족상잔의 비극인 6.25는 50년대 태어난 사람이라면 모두 처절한 환경에 내몰리게 했다. 더욱이 장시인의 생활터전은 도시가 아니라 농촌의 풍경임에야 가을되어 추수라도 하면 곡식으로 물물교환이라도 해서 검정고무신이라도 한 켤레 얻어 신을 수 있던 그런 시절이었다. 시인나이 고작, 초등학교 2학년인 유년시절 소풍날, 당산에 숨어서 친구들의 소풍행렬을 꼬리가 산모퉁이를 돌아 보이지 않을 때까지 젖은 눈으로 바라보는 처연凄然을 장시인은 기억한다. 신 김치 쪼가리라도 도시락이란 이름만 쥐어줬으면 보물찾기 하는 그 소풍대열에 함께하련만 처절한 가난은 그 조차도 호사였던 그런 시절이었다.

긴 봄날 하루를 진달래 꽃잎으로 허기를 채우며 가난에 던져진 그 아이는 급기야 배앓이로 보랏빛입술이 된 채로 소쩍새 울음 따라 같이 울었다라고 시인은 기억한다. 장시인의 섬세하고 서정적인 시어는 앞으로의 시도詩道에서 단단한 재능이 빛을 보리란 결론에 도달한다.

그 당시는 도시락은커녕 끼니를 굶는 친구들도 더러 있어서 학교에서 강냉이 죽이나 강냉이로 만든 빵을 나눠주곤 했다. 찌그러진 사각 양은 도시락은 강냉이 죽을 받으려는 용도로 빈 도시락을 가지고 등교를 하던 때라서 책보 속 몽당연필과 숟가락이 달그락거렸고, 어쩌다 미군 차량이 지나가면 그 먼지 나는 차 꽁무니를 좇아 가면 미군이 던져준 덩어리우유나 초콜릿을 얻어먹고 배탈이 나서 오히려 두 눈이 퀭 했던 그 시절을 장시인은 사족蛇足없이 승화된 시어로 담담히 기억해 낸다.

시평을 접하다 보면 소리만 요란하지 정작 맛을 감별할 수 없는 경우가 있는데, 장시인의 시는 행복한 입맛을 찾은 기쁨이 인다.

그 이유는 눈물도 생동감 있게 승화시켜서 끝까지 신선한 시적 구축에 있다. 장시長詩라서 생 략을 두었지만 기성회비 50원을 못 내어 첫 시간이 국어 시간이었던 기억과, 비 오는 오리 길에 내몰려 집에 당도하니 애써 매정해 보이려는 아버지는 "회비 땜에 왔냐?" 잘 됐다 정골에 모나 심으러 가자하시니 어린나이에 손가락이 붓도록 자갈논에 모를 심었다고 기억하며, 오디를 주워 팔아야 도화지를 살 수 있었던 그 유년의 서러움들이 장시인의 시의 골격이 되어 단단한 시적구축은 필자에게도 가슴 저린 감동 이고 기쁨이 되기에 독자들의 가슴에도 울림으로 닿을 것 이다.

시인은 인격을 가졌을 때, 바른 중심을 잡는 정신도精神圖를 그리는 일이다. 그렇다고 인격이 시가 되는 것만은 아니지만 정신의 줄기를 세우는 작업이 곧 시로 나아가는 길을 확보하는 일이라는 뜻에서 보면 비록 언어의 서툴음이 있을지라도 정신의 빛이 곧 시가 된다는 뜻은 강조된다. 장성열시는 이미지의 숲을 우회하는 특성이 있고 이런 점이 이해를 돕는 것이 아닌 점에서 어렵다는 말도 나올 수 있다. 그러나 한 껍질을 벗기면 그 안에 알찬 의미의 노래를 만날 수 있다.

미처 보지 못한 「행운목」의 운명이나 「인동초 사랑」의 시련이나 「빈 무덤」의 어머니의 이승에 남은 시한이나 「고로쇠」 나무에 대한 죄스러움이나 「폭우」로 인한 산사태 등 백화점식으로 다룬 장시인의 시적 매력은 깊이를 안으로 숨기면서 태연한 척 관조하는 속 깊은 시인 −그런 시의 노래가 하모니를 이룬 합창을 하고 있다. 특히 시의 깊이에 들어간 시인의 원숙한 정신에서 건져 올린 다감하면서도 화려한 군무群舞이자 폐부로 다가드는 속삭임 같은 시어 −독자는 가슴을 열어 즐거움을 맛보는 일을 만나게 될 것이다.

수채화 같은 「앨범을 들추다가」 작품을 만나보자.

흑이 회색으로
백이 갈색으로
퇴색한 시간들이 켜켜이 누워있는
초등학교 앨범을 들춘다

달음박질 하지마라
신발 닳아질라
배 꺼질라 뛰지마라

동쪽 울타리 양지쪽에선
점순이랑 가시내 몇이
고무신 양손에 쥐고
무찌르자 오랑캐 몇 백만이냐…
맨발로 고무줄을 넘고

교실 조개탄 난로 위엔
노랑 양은 도시락이
선생님의 뜻대로 순서를 정해
올망졸망 포개져
허기진 소원들을 데우고 있다

떼새가 굶어 죽는다는 구조조정 1세대
효도하는 마지막 세대
효도 받지 못하는 첫 세대
우리들은 개체수가 제일 많다는
58년 개띠들이다

－「앨범을 들추다가」 전문

　시는 이미지의 발굴이고 그 이미지를 연결고리로 하여 시인의
사상을 혹은 삶의 표정을 감지하는 점에서 반응의 예술이다. 가령
장시인 처럼 마음의 넓이가 다감한 사람은 소제의 이미지가 다감
하고 보통의 감성을 지닌 사람은 그 만큼의 정서가 따라온다.
때문에 시는 곧 그 시인을 표현하고 그 시인만큼 쓴다는 말이
성립된다.
　장시인의 시는 친숙하고 온화하고 또 따스함을 간직한 지난
날의 정서가 새록새록 하다. 위의 시는 세월의 흐름이 길어 사
진들에서 빛바랜 시간적 거리Distance가 보인다. 그 당시 아이들
두발頭髮은 여자아이라면 엄마가 집 가위로 앞머리를 썩둑썩둑
잘라준 단발머리형태가 고작이었고, 남자아이들의 두발은 집에서
빡빡 밀은 민머리거나 아니면 비위생적인 야매이발소의 기계충
機械蟲 독으로 한두 군데가 헐어서 딱지가 앉은 그런 실태였으니
초등학교 빛바랜 앨범속의 친구들 사진이 더더욱 정겹게 그려지는
그림을 만났을 장시인의 감회를 독자도 느낄 수 있다.
　장시인은 그 추억의 앨범을 보면서 가난했던 기억을 더듬는다.
고무신이 빨리 닳을세라 달음박질하지 마라하시던 어머니의

목소리가 들리고, 배가 빨리 꺼질라 뛰지 마라하시던 아버지의 음성을 기억해 낸다. 필자도 장시인과 비슷한 나이라서 너무도 그 목소리가 또렷하게 기억나 가슴 밑동이 아리다.

그 당시는 6·25사변 이후라서 한 반에 학생 수가 지금의 서너 배가 족히 될 정도로 교실은 콩나물시루 같은 분위기였다. 그 뿐만 아니라 6·25사변으로 글을 미처 못 배운 아이들이 대거 몰려서 나이도 상당히 차이가 있었고 친구라기보다 형님 누나 같은 동급생이 많았던 시절, 교과서도 대물림을 해 낡고 헤졌으며 책장이 찢겨져나가고 없어져 난감했던 그런 시절이었다. 변변한 의복도 없던 시절이라 겨울이 오면 구멍 난 양말은 다 반사이고 손등은 얼어터지고 양 뺨 역시 빨갛게 동상기미가 있을 정도였다. 그나마 학교에 가면 '갈탄'이라는 것으로 난로를 피웠는데, 갈탄이 석탄 종류이긴 하지만 낮은 에너지 밀도로 값이 싼 대신 그을음과 유독가스냄새로 머리가 아팠으나 따뜻했고 더욱이 사각양은도시락을 선생님 마음대로 난로위에 쌓아올려 데워주셨는데 운이 좋아 난로 바로위에 놓인 도시락에서 김치 익는 냄새가 진동하면 뱃속에 밥 달라는 신호음이 여기저기에서 들리던 그 시간적 먼 세월에서 장시인은 점순이란 이름까지 명쾌히 기억해 내는 천부적 기억력을 지녔음에 놀랍지 않을 수 없다.

이 외에도 「귀성」에서의 효도심이나, 단시短詩 형태인 「양배추」에서는 돌덩이처럼 뭉칠 줄 아는 어린잎에서 교훈을 얻는 지혜를 발견하는 시적 고찰考察 정신을 만날 수 있다.

2. 장시인의 인간애가 구한 시적 종자鐘子

글이 따스함을 지닐 때는 독자의 차가운 체온을 녹이는 기능을 한다.

또한 궁극적으로 글이 목표로 하는 것은 인간의 마음을 위로하거나 위무慰撫하는 역할에 집중될 때 작가의 소명은 성취의 기쁨을 건지는 의미가 된다. 다시 말해 작가의 체온을 독자에게 이르게 하기위해서는 숙성된 마음의 시적종자詩的鐘子가 남다른 선택을 갖추고 있어야만 한다. 그러기 위해서 필요한 것은 삶의 체험이 깊어야하고 이를 운용하는 언어의 적재적소適材適所의 융합적 배치에 따라 글의 모양새는 감동으로 전달될 것이다. 그러므로 머리로 사는 사람의 글과 가슴으로 사는 사람의 글은 전혀 다른 향기로 전달된다는 의미이다.

장시인의 글은 평생을 바친 교정에서나 일상의 주변표정들에 관심을 두고 무한한 애정으로 시의 자리를 정하니 섬세한 시선과 지적 감동은 시를 접하는 독자들에까지 따스한 정서로 스며들 시적 특질을 지니고 있어 여간 기쁘지 않을 수 없다. 시인의 작품 중「갈등」을 만나보자.

> 밤이 새도록
> 창문을 두드리는 달빛
> 문틈을 비집고 돌아서는
> 풀벌레의 울음이 아니더라도
> 잠을 이루지 못하는 이유는

울 밖의 내가
울안의 나를 어찌하지 못하는
연민 때문이다
설익은 닭 울음에 어둠이 밀려나고
헝클어진 아침 창문을 열면
창틈에 짓눌린 사위어간 달빛
풀잎에 맺힌 이슬 안에서 졸고 있는
낮달 두어 조각
아직도 끝나지 않는 궤도
원형의 권태로움

－「갈등」전문

　사람의 표정이 다르듯 시의 표정도 저마다 다르게 나타난다. 어떤 시인은 도시적인 감수성인가하면 이와는 달리 전원의 아늑한 정서를 종자로 사용하는 각자의 방법에서 개성이 나타난다.
　장시인의 시는 칙칙하지 않고 깔끔하고 간결하면서 강단剛斷이 명확하다. 이는 이미지 구사에서 그의 시적 도량으로 보아 천생 시인이고 경험을 육화시킨 농익음의 시어라서 맛깔스럽다. 장시인이 58년생임을 대입해 보면 그때의 정서가 주류를 이룬 근거를 찾을 수 있다. 배고픈 시절의 보릿고개나 1950년대 이후 산업화 사회의 문턱을 넘을 무렵의 시골정취가 곳곳에 물씬거린다.
　시가 나오는 길은 체험과 현실과 상상이라는 요소가 결합하여 미지의 길을 통해 나온다. 다시 말해서 상상의 진원인 시의 특성은 체험이라는 바탕에서 찾아 꺼내오는 상상의 결합의 끈기 −시는 집념의 집중화를 가질 때, 어느 결에 나타나는 신기루와 같다는 말로 주장한다.

　미상불 시는 의욕만으로 쓰는 것이 아니고 스치는 상상을 나포 拿捕하는 순발력과 상상의 기민한 동원력을 갖출 때 멋진 시어로 출몰한다. 장시인은 평생을 교육공간에서 시간을 보냈고 이와 더불어 시 쓰기의 일이 병행된 천직이라면 어긋난 말은 아니리라. 그러나 선생님 티 보다는 지난 풍경의 파노라마가 유장함을 느낄 뿐이다.

　직업은 어느 순간에 의식을 지배하는 경우가 다반사이다. 즉 선생님의 특징은 지시와 명령이 은근하게 스며있고 한순간 출 몰하는 기미를 찾을 수 있는데, 장시인은 그런 색깔은 보이지 않는 자제력의 중심을 잡고 있는 인상이다. 위 시의 「갈등」도 시인이 표현하진 않았지만 평생 몸담은 원형이라 말하는 학교의 카테고리가 아닐까 유추해 본다.

　인간은 누구나 내안의 나와 내 밖의 나와의 불화로 갈등한다. 다시 말하면 가슴은 시키는데 머리가 거부한다든가 머리는 옳 다는데 가슴은 틀리다 하는 것에 갈등하게 된다. 장시인은 갈등의 공간을 울안과 울 밖으로 표현하는 걸로 미루어 울이란 조직이 나 단체로 이해된다, 그렇다고 보면 장시인은 울안의 자신을 부 합할 수 없는 다시 말해 어찌하지 못하는 고뇌를 맛보며 평생을 원형이라는 궤도에 돌고 돈 삶을 권태롭다 절창하는 시어에서 깊은 연민을 느끼지 않을 수 없다. 장시인의 잠 못 이룬 아픔을 모티브로 함축미와 절제미를 갖춘 맑은 시어로 탄생시킬 수 있는 시적 재능이 상당하다 평한다. 장시인의 작품 중에 「전학 온 지한 달」에서는 결손가정에서 할아버지 손잡고 전학 온 '민희'의 맑은 눈물을 만날 수 있고, 「춘성이 어머니」에서는 격식 없이 투박한 춘성이 어머니의 맛있는 국수 맛을 볼 수 있고, 「어느 코미디언의 죽음」에서는 삼가 '이주일' 선생님의 운구행렬을 만날 수 있고, 「피 지배 교육」에서는 현존하는 수능의 문제점과 달달 외우기식 교육의 폐단을 걱정하는 진정성을 만날 수 있고, 「양파 껍질 벗기기」에서는 양파에 장시인 자신을 투영한, 빈주먹에 이는 시린 바람도 만날 수 있다. 또한 장르마다 어머니에 대한 작품이 빠짐없이 등장하는데 어머니라는 시제는 필자에게도 아린 시제라서 마지막 작품에서 다루기로 하고 다음에 다가선다.

3. 심연深淵에서 길어 올린 장시인의 시어詩語들

시는 논리論理다, 시는 생물이자 과학科學이다.

인간은 주관적인 감정을 지닌 '파토스 Pathos'와 우주만물에 존재하는 조화질서의 근본인 '로고스Logos'의 두 갈래를 어떻게 조화로 엮어내는가의 여부에 따라 시詩의 성패는 분기分岐하게 된다.

시는 파토스의 함량이 로고스의 함양보다 약간 많을 수는 있지만 둘의 균형을 갖출 때 ―여기엔 독자의 수용미학적인 분석이 필요해 진다. 무지無知한 독자에게 고급한 시적 정서는 아무런 필요조차 느끼지 못하는 무용지물無用之物이지만, 시의 맛을 아는 독자에게는 한없이 부드럽고 아름답게 속삭이는 맛깔스런 표현은 깊은 애정을 선물하게 된다.

독자와 시인과의 공감의 통로가 열리면 구원의 언어로 승화되는 것도 이러한 이치이다.

어찌 보면 시의 정서는 결국 선택적인 독자에 의해 살아나는 생물生物인 셈이다. 때문에 시는 정치精緻하고 빈틈없는 셈법에 의해 독자에게 심금을 자극하는 예술이 되는 것이다. 무작정 조합이 아닌 논리적 도움으로 살아나는 영민함이 요구된다. 이런 계산 하에 시인과 독자와의 관계가 공명共鳴현상을 체험하는 뜻이 된다.

장시인의 시적 인상은 그런 논리적 바탕을 전제로 감수성의 흐름을 포착하는 심오한 표정을 만나게 된다.

장시인이 남성임을 모르는 독자들은 시인의 섬세함에서 여성성을 발견할 정도로 장시인의 시어는 섬세하고 맛깔스럽다. 그 예로 「하현달」을 만나보자.

하현은
어둠이 품어 적막이 빚어내는
겸손한 생명이다

덜어낸 반만큼 새날을 잉태하여
눈부신 것들 모두 재우고
늦은 삼경
뒷전에 밀려났던 작은이들의 숨죽인 소망으로
소리 없이 밀어 올려진 달이다

이슬 머금은 작은 풀꽃위에
낮게 내려앉은 안개
뒤척이는 밤새들의 날갯짓에 얹히는
조각 바람까지도
새벽이 품은 모든 것들을 사랑하다가
하얀 낮달이 되어도
숙명처럼 감싸 안아야 하는 이유를
그만이 알고 있다

　　- 「하현달」 전문

　하현달(하현반달)은 음력 매달 22~23일경 자정에서 동쪽하늘에 떠서 지구자전에 의해 새벽까지 남쪽하늘에서 보이다가 정오에 서쪽으로 지는 달이다. 활 모양의 현弦을 아래下로 엎어 놓은 것 같은 모양이어서 하현달이라 한다.
　장시인은 하현달을 어둠이 품어서 빚어낸 '겸손한 생명'이라고 표현한다.
　여기에 장시인의 시적 성찰과 자신의 휴머니즘이 내포된 발상이 돋보인다. 필자의 「겸손」이란 졸시拙詩에도 해는 달을 받들어 낮을 지키고, 달은 해를 받들어 밤을 지는 것을 겸손이라 표현했다. 장시인과의 시적 공감대가 이루어져 필자에게도 큰 기쁨이 된다.
　또한 장시인은 하현달을 뒷전에 밀려났던 작은이들의 숨죽인 소망으로 밀어 올려 진 '덜어진 반만큼의 달'이라 표현했다. 장시인의 자연을 바라보는 시선은 역설적으로 표현하면 악마의 술처럼 좋은 의미로 깊고 알코올 도수가 높아서 취하지 않을 수 없는 매력을 맛보게 된다.

장시인이 바라보는 하현달은 뒤척이는 밤새들의 날갯짓에 얹히는 작은 조각 바람까지도, 또한 새벽이 품은 모든 것을 사랑하다가 하얀 낮달이 된다는 성찰에 이른다. 장시인 자신을 하현달에 실어서 깊은 인간애를 노래하는 철학적 접근에 다다른다. 이는 보편적이고 나긋한 시어가 아닌 지극히 자신을 자연과 일치시키는 순수한 영혼임을 증명한다.

마지막 행에서는 숙명처럼 감싸 안아야 하는 이유를 하현달 '그 만이 알고 있다'는 확고한 인정으로 탈고하는 완성미를 갖춘다. 앞으로의 장시인의 시의 여정이 실로 견고하리라 기대가 된다. 장시인의 작품 중에서 「도식이 아버지」에서는 파파실 실개천 따라 논다랑이의 반이나 도식이네 소유였던 오금 저리게 무서웠던 도식이 아버지의 인생 몰락을 만날 수 있고, 「괘종운명」에서는 백미 열석 값이었던 시계가 좀도둑도 넘 보지 않는 체념의 홀가분함을 만날 수 있고, 「진입금지구역」에서는 다가서는 거리가 좁혀지지 않지만 가슴에 담은 그리움마저 의심에 덫에 올리지 말자는 사랑스런 의구심을 만날 수 있고, 「돋보기」에서는 바보 눈을 얻은 세월을 만날 수 있고, 「장수사과 1,2」에서는 아삭한 장수사과의 향기로운 맛을 만날 수 있다. 장시인에게도 어머니는 신의 자리에 계신다는 효심의 애잔함을 시어로 만나보자.

한적한 시골 버스 정류장
야윈 어깨에 얼굴을 묻고
굽은 등으로 무릎을 싸 안 듯
바닥에 주저앉은 사람은
모두가 어머니 같다

여든보다 아흔이 가까운 나이에도
고추랑 들깨 양념을 가꾸고
손에 익은 솜씨로
간격 맞춰 김장배추도 길러내지만
스러진 고추의 키보다 작아진
어머니의 평생
있는 듯 없는 듯
기력 없는 호미질로 밭고랑 깔고 앉아
챙 넓은 모자 온몸 덮듯 눌러쓰고
어머니, 부르면
빠진 앞니가 부끄러워
한 손으로 가리고 웃던

아직도 시들지 않은
맑은 스무 살

　　　　－「어머니. 여든일곱 살」 전문

　　장시인의 어머니에 대한 시어는 장르마다 진주처럼 박혀있기에
「어머니 마지막 아흔네 살」에서 조명하려 한다.

4. 파파실(파곡)이 키운 장시인의 시적 골격骨格

시詩는 사람이 쓴다. 이 평범한 명제에는 삶에의 숙제가 담겨 있고 시를 써야만 하는 운명으로 받아들이는 시인의 자세가 명료해 진다. 왜냐하면 시는 사람이 알고 사람이 쓰는 것이지 동물이나 여타 존재는 시를 알지 못하기 때문이다. 그러나 시대가 변하면 문학의 표현도 달라진다.

21세기는 걷잡을 수 없는 시대로 변화하고 있다. 아무도 미래를 예측할 수 없는 지경의 급박한 시대의 변화는 이미 우리 앞에 당도하였다.

모든 분야에서 로봇과 인간의 대결에서 인간의 신음소리가 들리기 때문이다. 비단 알파고의 문제가 아니라 로봇이 인간을 압도壓度하는 예상의 경우는 지금 가능의 문 앞에 왔기 때문이다. 어쩌면 AI 즉 로봇이 시를 쓰는 시대가 도래渡來할 수도 있을 것이다.

현재도 산문 -시나리오나 구조의 작품을 입력하면 작품을 생산하는 경지에 와있고 종교 또한 기계 종교의 출현이 미구未久에 당도할 것은 명확한 일이다. 필자는 이 점에서 종교의 문제 -로봇신이 등장할 것이라 내다본다. 하지만 위안이 되는 것은 아마도 문학 중에서 시詩만은 로봇이 써내는 일이 지난至難할 것이라 예상한다. 그 이유는 산문은 현실을 리얼하게 작성하면 되지만 시詩는 리얼과는 상관없는 오로지 상상의 산물이기 때문이다.

결국 예술에서 시는 독보적인 미래를 장악할 이유가 상상력의 산물이라는 점으로 정리된다. 시는 내용 90여 %가 상상의 산물이기 때문에 정치精緻한 로봇조차도 범접할 능력은 아마도 가장 뒤에 따라오거나 불가하리라 예상한다. 그러하기에 시는 '시詩는 사람답게'에서 인간화의 체온이 급선무이고 '사람은 시詩답게의 답게'에서의 인간의 가치가 상승하는 이미지로 일어선다. 다시 말해서 시와 사람은 불가분리不可分離의 기계적인 관계망이 아니라 인간이 시적으로 살 때 시가 살고, 시가 체온을 가질 때, 삶의 표정이 인간화가 된다는 주장이 설득력을 갖는 이유이다. 그렇게 살려고 장시인은 「과체중」을 염려하고, 「막걸리의 미학 1」에서 발그레한 삶의 미소를 찾는지도 모르겠다. 장시인의 텁텁하면서도 인간미 넘치는 막걸리를 맛보러 가보자.

> 출생의 비밀이
> 바구미 살던 묵은쌀이라서
> 웬만큼 흘리며 마셔도
> 흉잡힐 일 없고
>
> 40도 골방에서
> 한 이불 뒤집어쓰고
> 익은 사연 있어
> 넉넉한 인정이 한 사발이다
>
> 두어 순배만 돌아도
> 자꾸 웃음이 나오고
> 숨어 있던 다른 세상 하나가
> 비—잉 빙 맴돌며
> 발그레 문을 연다
>
> —「막걸리의 미학 1」 전문

술은 도취의 지경을 안내한다. 다시 말해서 술과 집념은 유사하고 이 유사점을 자칫 넘어설 때, 비틀거리는 선경을 방문하는 도취陶醉에는 무릉도원이 딴 곳이 아니라고 안다. 술 속에는 그런 경지가 도사리고 있으면서 미소를 띠지만 거기에 과도하게 끌려가면 필시 술에 먹히는 악마로 부터의 망신을 자초하게 되리라. 프랑스 속담에 '친구와 포도주는 오래 될수록 좋다'는 말처럼 술의 깊이는 친구의 우정처럼 쓴맛과 달콤함이 매우 가깝다.

프랑스 시인이자 비평가인 '보들레르'의 술타령은 재미와 페이셔스가 남다르다. 그의 시집 『악의 꽃』에서 「애인끼리의 술」이나 '모두가 너만 못하다'고 표현한 「고독자의 술」이나, '여편네가 죽어서 나는 자유다'라고 외치던 「살인자의 술」이나, 「넝마주이의 술」, 「술의 혼」등 한 시집에 다섯 편이나 소개될 정도로 술에 대한 해박함을 보들레르는 자랑한다.

장시인의 막걸리 사랑은 '고흐'가 즐겨마시던 녹색의 독주 '압생트Absinthe'도 아니고 장시인의 표현대로 흘리고 마셔도 흉이 안 되는 인간미 넘치는 막걸리 예찬이라는 점에서 장시인의 친구이자 위무慰撫하는 동반자가 아닐까 생각된다.

아마도 삶의 고독 속에서 막걸리와 더불어 나눈 대화에서 생의 비움을 찾을 수 있었고 감정의 배설창구로 작용되었을 막걸리라는 점에서 장시인의 술의 미학은 안전성을 갖춘 듯하다.

두어 순배만 돌아도 자꾸 웃음이 나오는 막걸리의 매력은 다른 세상하나를 발그레 문을 열어 준다고 예찬하는 장시인의 시어가 막걸리 맛처럼 구수하기까지 하다. 이외에도 장시인의 작품 중에는 「형구 형」에서는 겸손하고 넉넉한 농민의 대표를 만날 수 있고, 「어머니, 아흔살」에서는 아이가 되신 어머님의 미소를 만날 수 있고, 「J에게」에서는 열심히 공부하는 아들과 전세아파트에서의 부스스한 첫잠을 만날 수 있고, 「오르막 차로」에서는 속도가 느려서 벼랑으로 떠밀리는 독한 오르막을 만날 수 있고, 「회환」에서는 넘치던 청춘을 돌이키는 쓸쓸한 황혼을 만날 수 있다. 파파실이 키운 장시인의 시적 골격骨格은 군살 없는 탄력으로 탄탄하다. 「막걸리의 미학 2」를 만나보자.

> 그 앞에선
> 깍듯한 격식이 오히려 흉이 되고
> 꾸며 만든 자리일수록
> 불편함만 깊어진다
> 깃 고운 양복이거나
> 땀 절은 남방 소매로 손 내밀어도
> 대폿大砲잔 하나로 돌려 마시듯
> 신김치 두툼하게 전 부쳐 올려놓고
> 젓가락 하나로 돌려먹고도
> 넓어진 아량으로
> 서로의 어깨를 걸 수 있다
>
> 그를 사이에 두고 마주 앉으면
> 나는 네게 되고
> 너는 내가 된다
>
> ―「막걸리 미학 2」 전문

막걸리 1ml에 2억여 개의 효모가 살아있다는 사실은 놀라움이다. 막걸리의 '막'은 방금을 뜻하기도 하고 '함부로'를 뜻하기도 한다. 밥과 누룩을 발효시켜 말 그대로 막 걸러낸 술인 셈이다. 술 빛깔이 흐리고 탁해 '탁주濁酒'라 부르기도 하고 곡식으로 빚어서 '곡주穀酒', 집집마다 담가 먹었다해 '가주家酒', 농부들의 새참이라 해 '농주農酒', 제사상에 올린다해 '제주祭酒'까지 인기 많은 친구가 별명이 많듯 가지각색의 이름을 지닌 우리네 전통 술이다.

부산에 사시던 필자의 작은 아버지에게 들은 '탁주배기 오덕'이 생각난다. 허기를 면하게 하고 적당한 취기에 추위를 덜게 하고 기운을 북돋우고 말을 트이게 하는 것이 막걸리의 오덕五德이다.

막걸리를 사랑하는 장시인은 술과 함께 숨배 숨배 돌아가는 사람의 인연을 사랑한 것이었으리라.

5. 장성열 시인의 무심無心에의 여정旅情

시는 자연스런 유로流路일 때, 감수성의 파문은 아름다움을 불러온다. 이런 이치는 생활의 진솔함이 바탕을 이루는 요소가 되고, 이런 요소는 곧 정신의 줄기를 이어가는 모태로 작동된다. 시는 꾸미고 가꾸는 것이 아니라 자연스런 상태로 진입하는 부드러움이고 여기서 언어의 압축에 따른 시어의 탄력이 생성된다.

장시인의 시는 계산되는 언어가 아니라 자연스런 유출에서 그의 그윽한 심성心性의 기록이고 맑은 삶의 모습이 전체로 투영되어 하모니를 이룬다. 장시인의 어스름 길에 건진 시의 인연이 시와 함께 보폭을 맞추는 우직하고 꾸준한 시심의 여정이 길 기대한다.

장시인의 술에 대한애정이 남다른 이유는 도취陶醉의 길이 아니라 즐기는 방법을 생활 속에 담을 때, 부드러운 심성을 그 속에 용해하여 생의 길을 가는 윤활유와 같다 느낀다.

장시인은 어머니를 비롯한 가족에 대한 사랑을 키우는 일상적 가치에도 헌신하는 모습이 담백하다.

장시인은 교육계에 일생을 헌신한 교육자요 이 땅의 지성으로서 사회의 부조리에 시어의 칼날을 갈고, 가난한 이웃의 아픔에도 가슴앓이 하는 욕심 없는 투명성의 정서를 시로 담아내는가 하면 −사족蛇足없는 무심無心의 자연스러움에서 소곤거리는 가락으로 독자의 가슴에 다가가는 그런 시인이다. 장시인의 시어에는 사람냄새가 나고 세상을 향한 따뜻하고 깊은 사색이 시화詩化로 작용한다. 장시인의 「무병 巫病」을 만나보자.

> 못 먹이고 못 입힌 게 한으로 남은 친정어머니
> 고운 꽃봉오리 피워보지 못한 애기동자
> 평생을 들볶고도 아쉬움 남은
> 시어머니의 고약한 집착까지
> 저승으로 가는 열차에 오르지 못한 변명들을
> 구천에 뿌려 놓고
> 이승의 삶에 지친 가슴을 뜯고 들어앉았다

이게 아닙니다 도리질 하고
피가 나게 손바닥 빌며 애원도 해보지만
원인도 숨겨둔 채
숨이 컥 막히게 목을 조이고
삶아버릴 듯 퍼붓는 열에 시달리다
차라리 데려가시라는 소원은
가느다란 목숨 줄에 걸어 되돌려주었다
끝내 무릎 꿇려 향 피우게 하더니
알량한 신통력 한 줌 쥐어주고
빛으로 차린 화려한 신단神壇 위에서
제 핏줄의 명줄 반쯤 앗아 들고
비겁한 웃음으로 으스대고 있다

　　　－「무병 巫病」 전문

　장시인은 「무병 巫病」에서는 어느 한 여인의 한을 노래하고
있다. 친정어머니라는 시어에서 화자가 장시인이 아니라 딸의
시선이라 생각된다. 무병巫病의 巫자는 무당을 뜻하는 말이다.
다시 말해 원인도 모를 고열에 시달리니 신병神病이라 인정하고
싶은 힘든 상황을 만나게 된다.
　일반적으로 우리 육신은 강한 충격을 받으면 큰 상처를 얻게
된다. 마음도 마찬가지로 극한 아픔에는 한恨을 얻게 되는데 피
워보지도 못한 생명을, 그것도 못 먹이고 못 입힌 자식을 앞세
워 보내는 아픔을 겪은 어미의 심정이란 가늠하기 어려운 극한
정신적 충격이리라. 더욱이 평생을 들볶는 시어미의 고약한
집착까지 가세된 충격임이야 어느 누가 고열에 시달리지 않을

수 있으랴.

　필자에게도 자부가 있지만, 이 가문에 시집 온 같은 입장이라서 선배인 내가 후배인 자부에게 잣대 없이 대하자는 철학을 앞세우니 섭섭할 일도 없고, 그저 고마움만 자리하는데 −예전 가난이 불러 온 병폐인지 아니면

　호되게 시집살이한 경험을 대를 물려서 며느리에게 시집을 살리는 것인지는 불확실하나 우리네 고부갈등은 문학에도 깊이 새겨지는 화두이니 이 또한 세대가 바뀌면 개선되어야 할 우리들의 미션이리라.

　'이게 아닙니다 도리질 하는' 여인의 그림은 먹먹함을 넘어 기막힘으로 전율이 인다. 장시인의 무표정한 의상을 입힌 시어가 건네주는 날카로움이다. 여기에 시에 맛깔스러움을 독자는 맛볼 수 있다.

　'끝내 무릎 꿇려 향 피우게 하더니'에서는 결국, 무속巫俗인에게 도움을 받는 지경을 엿볼 수 있다.

　예전에는 갑자기 죽으면 급살急煞이라 했다. 여기에 살煞자는 죽일 살殺자와 같은 뜻이다. 하지만 의학이 발달된 21세기엔 거의 병명病名이 쥐어진다. 희귀병도 병명은 다 나와 있고 치료 방법이 없는 병은 찾아보기 힘든 시대이다. '이승의 삶에 지친 가슴'을 지닌 그 여인이 지금은 건강한 영·육을 유지하리라 믿고 다음을 만나보자.

　시詩는 비유일 뿐이다. 다시 말해서 시의 특성은 곧 응축凝縮이라는 줄임의 미학일 때, 그 전개의 방식은 산문과는 달리 가지

치기의 군말을 버리고 오로지 줄기만을 위한 표현의 미학은 곧 비유의 방도로 이미지의 골격을 어떻게 산뜻하게 건져 올리는 가의 방법에 시인의 재능이 귀속된다. 늘이고 펴는 일은 산문의 서술敍述기법이라면 시는 이런 방법과는 정반대의 방향에서 함축含蓄의 여백을 갖는 일이 우선이다.

동양화의 여백의 미학은 서양화의 논리의 구축과는 다르다. 다시 말해 서양화는 칠하고 다시 덧칠하고의 기교에 여백은 갖지 않는 채움으로 정치精緻한 조력을 받아 풍경을 그리는 화가의 정신표현이라면, 동양화는 여백의 미학을 중요시 하듯 시에서도 여백과 함축을 방도方途로 독자에게 의미를 전달 해 주는 고급한 여유를 갖는다고 전달한다.

이러한 이유로 시詩는 여타 산문보다 어렵고 지난至難한 기교를 갖는 첫째 방도가 비유의 도구를 앞장세우는 일이 된다.

물론 시적 전개의 장치에는 리듬과 이미지, 비유 그리고 상징이나 인유 그리고 패러디 등 다양한 구조적인 내포內包가 있을 때, 풍성하고 윤택한 표현의 길이 넓어지는 것에서 고급화의 방도 ―시인은 결국 자기정신의 의도意圖를 세우는 일이 언어기교로 나타나는바 , 이는 언어운용의 응축凝縮이라는 절차가 가장 먼저 등장한다.

장성열시인의 언어 감각은 생동감 있고 온화한 내면의 기품이 담담한 아 우라를 지녔으며 풀어내는 기교가 신선하다고 전달한다.

장시인의 작품 중에 「선주아버지」에서는 사람 좋기로 이름난 '구 이장(선주아버지)'을 만날 수 있고, 「동엽령」에서는 십리

안개 길을 만날 수 있고, 「고스톱 미학」에서는 대결이 아닌 정
겨운 만남을 엿볼 수 있고, 「물류를 멈춰 세상을 바꿔보자」에서는
화물차 기사들의 지친 삶을 만날 수 있고, 「늦은 만남」에서는
장시인의 녹여내고 싶은 수많은 사연을 엿 볼 수 있다. 다음은
장시인의 「이명耳鳴」을 만나보자.

아지랑이 잠 깨우던
달콤한 밀어에 속아
온갖 소리 거름 없이 받아들인 탓으로
휴대전화 지나친 사랑에 빠져
천 리 밖에 있는 소리마저
함부로 끌어들여 품어 살던 죗값으로

벌판을 헤매던 소리들 함부로 들어와
둥지를 틀게 했다

이른 아침에 깨어난 의식에
초점을 잡고
수면의 이불로 잠재울 때까지
먼데 풀벌레 소리로 하염없이 울어 댄다

내 삶의 가을은 귀에서 시작됐다

– 「이명耳鳴」 전문

이명耳鳴이란 외부로부터 청각적 자극이 없음에도 들리는

소음에 대한 주관적 느낌을 말한다. 주로 조용한 환경에서 어떤 일에 집중할 때, 잠자리에 들기 전에 흔히 경험하게 되고 '삐'소리나 '윙'하는 다양한 소리로, 주로 귀 안쪽이나 머릿속에서 나는 소리를 말한다.

흔히 노인성 난청이라 여기지만 그 원인은 약물복용 등이나 특정 질환을 의심케 하는 증상이기도 하다. 장시인은 '온갖 소리 거름 없이 받아들인 죗값'이라는 시어 구축으로 인정하는 자세를 취한다.

종일 풀벌레 우는 소리 같은 이명耳鳴에 시달리는 장시인은 '내 삶의 가을은 귀에서 시작됐다'는 수긍적 자세로 탈고를 한다.

장시인은 휴대폰을 지나치게 사랑한 죗값이라 표현하는데 죗값일리는 만무하다. 포노사피엔스 시대에 누구나 폰에 족쇄가 채워져 잠시라도 몸에서 떨어지면 불안한 현실에 처해있다. 편리함을 넘어 후세들에게 시력이나 뇌에나 생활패턴에까지 크나큰 위해危害를 가할 물건으로 치부한다.

시詩를 쓰는 일은 신神을 만나는 고요함이 필수라서 장시인의 시도詩道에 이명耳鳴이 장애가 되지 않고 건필健筆에 박차를 가할 수 있기를 신께 의탁한다.

6. 장시인의 지고지순至高至順한 애모愛母곡

예술은 고뇌의 미학이다. 고통을 지불하고 화려한 꿈을 만나는 이름이 곧 예술이기 때문에 예술가는 그 과정에서 신열辛熱을 만나면서도 창조의 길을 마다하지 않는 거다.

필자는 이런 과정을 '아이 낳기'라 비유한다. 이 세상에서 가장 큰 고통이 신이 내린 출산出産의 고통이지만 정작 탄생한 아가를 바라보는 순간에 이르면 그 고통은 이내 환희의 기쁨으로 바뀌면서 행복을 느끼기 때문이다. 이 신비한 일은 사랑이라는 본질에 가까운 일이다.

사랑이 없다면 고통이 앞서고 애정은 뒤로 밀려나지만, 창조는 고통을 지불하고 사랑을 얻는 일이 된다. 때문에 신열辛熱과 아픔을 지불하고 다시 창작의 과정에 기꺼이 헌신하는 이유가 여기에 근거한다. 두려운 여백을 마주하고 신기루 같은 시어를 적합하게 배열하는 시작詩作의 지난至難한 과정도 궁극적으론 탈고가 주는 행복을 만나기 때문이다.

장시인의 작품들 역시 자신이 만족하든 부족하든 한 수 한 수가 탄생의 기쁨으로 응답했으리라.

장시인은 남성임에도, 더욱이 도덕을 우선시 하는 교육계에 일생을 투신했음에도 전달되는 시어는 급랭한 얼음처럼 투명하고도 맑아서 두려운 시평을 마주한 필자에게도 기억될 영광이다.

장시인이 상제할 『파파실』시집은 총 여섯 장르인데 장르마다 어머니에 대한 시어가 남다르게 다가왔다.

이 지구상에서 가장 아름다운 단어가 어머니Mother라는 조사 결과를 만 난적이 있다. 어머니는 인간 앞에 보여 지는 신神의 다른 이름이라고 필자는 주장한다. 한 때는 한 몸이었다가 둘로 나뉘어 졌지만 어머니는 퍼 주어도 퍼주어도 화수분 같은 모정으로 자식위해 희생하시고, 자식은 받고 받아도 부족한 표정이 다반사이다. 장시인이 어머니를 표현한 시어는 지고지순하다. 참담한 세월을 사신 우리네 '어머니'라는 시제는 너무 아리고 너무 두려워서 필자도 다루기가 미루어지는 존재이다. 어느 가요처럼 물 한 바가지로 배를 채우시던 어머니의 사랑을 잊지 못하는 장시인은 「어머니, 마지막 아흔네 살」에서 '저도 이제 어머니가 없습니다'로 운을 띄우는 숨죽인 절창을 만나보자.

> 저도 이제 어머니가 없습니다
> 돌아가셨습니다
> 젊은이 큰기침 한 번이면
> 쉬 뱉어 낼 수도 있는
> 티끌 같은 폐렴의 씨 무겁게 안고
> 처절하게 몰아쉬는 가쁜 숨으로도
> 끝내 털어내지 못하셨습니다
>
> 어머니—
> 부르는 소리에
> 낡은 청력으로 맑게 눈뜨시고
> 침대 주변 자식들에게
> 눈으로만 간절히 몇 마디 하시더니
> 이제 됐다는 듯
> 봄볕처럼 편안히 눈감으시고
> 94년 동안 한 번도 쉰 적 없는
> 숨쉬기와 심장 뛰기를 끝내 멈추셨습니다

눈으로 부탁하시던 말
제 발 저린 불효자식들
반성하듯 돌아가며 어머니 귓전에 속삭이던 말
돌에 새기듯 맘에 새기고
서로 다독이며 살겠습니다

문득문득 뵙고 싶은 날
구름 몇 점 떠가는 하늘을 올려다보겠습니다
그런 날
살아생전 저만 보면 환하게 웃으시던
소리 없는 그 웃음 그대로 지으며
하얀 구름위에
꼭 앉아 계셔야만 합니다

– 「어머니, 마지막 아흔네 살」 전문

　거듭 강조하지만, 어머니라는 시제는 시 한편에 담아내기는
어느 작가에게나 눈물겹도록 두려운 이름이다. 구순이 넘은 어
머니의 세월을 어떤 시어로 다 표현한단 말인가. 아무리 생전에
최상의 것으로 섬겨도 자식에겐 불효라는 자책을 지니게 하는
그 숭고함에야, 하여 어떤 시어로도 '모자람'이라는 말로 어머
니라는 단어에 예의를 두고 싶다.
　장시인의 작품 중에 「주차장 1,2,3」에서는 낡은 아파트의
정겨운 주차장을 만날 수 있고, 「새집 아저씨」에서는 두 딸과
네 아들을 둔 겸손하고 존경받아 마땅한 아저씨의 인간미를 만
날 수 있고, 「혼돈」에서는 초속 30m의 폭풍을 만날 수 있고,

「동화 호」에서는 천 길 물속에 잠긴 동화 다섯 동네의 정겨운 추억을 만날 수 있고, 「추석 전날」에서는 어머니에 마음에 투영된 장시인의 맛깔스런 사투리도 만날 수 있고, 「반추정反芻亭」에서는 반추의 섭리를 가르쳐주는 소들의 되새김질을 장시인만의 맑은 시어의 매력들로 만날 수 있다.

7. 장성열 시인의 시에는 신명神明이 있다

장성열 시인의 시에는 시인의 성정대로 사족蛇足없는 -신선하고도 깊이 있는 신명神明이 내재內在해 있다.

장시인이 잡은 시적 댓 줄에는 강력한 힘이 녹아있어, 시詩를 치켜 든 깃발에 작두를 탈 수 있는 신명의 경지를 만나게 되리라 믿는다.

장시인의 시적 능력은 사물의 내면을 통찰洞察하는 촉수를 지니고 있다하여, 시인은 만들어 지는 것이기 보다 타고 나는 경우가 많다고 주장한다. 다시 말해 천생시인天生詩人이란 표현으로 장시인의 여정을 응원한다. 장시인의 시에는 진실이 담겨져 있어 그 감동의 물길은 독자의 가슴을 충분히 적시고도 남음이 있다. 시의 본성은 부서져도 굴러서 상대의 가슴에 위로이거나 희망이 될 때 시의 의무가 다하게 된다. 장 시인의 시는 그렇다.

사랑과 용서의 묵상黙想으로 빚은 고갱이 의식
– 최금자 시집『바람이 지나간 자리』론

1. 詩人의 길은 神을 만나는 여정旅情이다.

글이 따스함을 지닐 때는 독자의 차가운 체온을 녹이는 기능을 한다. 또한 궁극적으로 글이 목표로 하는 것은 인간의 마음을 위로하거나 위무慰撫하는 역할에 집중될 때 작가의 소명은 성취되는 의미를 갖는다. 다시 말해서 작가의 체온을 독자에게 이르게 하기위해서는 숙성된 마음의 재료가 누구보다 남다른 요소를 갖추고 있어야만 한다. 그러기 위해서 필요한 것은 삶의 체험이 깊어야하고 이를 운용하는 언어의 적재적소適材適所의 융합적 배치에 따라 글의 모양새는 다르게 전달될 것이다. 그러므로 머리로 사는 사람의 글과 가슴으로 사는 사람의 글은 전혀 다른 향기로 전달된다는 의미이다.

최시인의 글은 전능하신 하나님의 무한한 사랑에 시의 자리를 정해 두니 용서와 감사가 넘치지 않을 수 없고 시를 접하는 독자들에까지 따스한 위로의 체온을 전달하는 시적 특질을 지니고 있어 큰 기쁨이 된다.「묵상」을 만나보자.

행간의 소리를 마음으로 귀 기울려

높아지려는 오만해 지려는 솟음을
거품같이 걷어내어
밤에 부른 노래로 하늘 문을 여시고
이른 아침 침상에서 그 분의 깃털로
소리 없이 안아 주신다
용서를 매일의 양식으로 삼아
보이지 않는 마음이
물의 진동같이 깊음으로 흐르게 하시어

그 길이 바다에 있으매
발자취는 알 수 없어도
몸을 씻어내는 파도소리를 듣는다

– 「묵상」 전문

시인의 작품에는 일정한 수로修路를 통해서 나오는 시적 길이
있다. 이는 개인의 종교적 특성이나 저마다의 개성을 내포하면
서 새로운 세계를 대면하는 절차가 시작되는 의미를 갖는다. 여
기에는 환경이나 성장의 배경 등이 포함될 수도 있고 교육환
경 또는 사고의 진전에 따른 특성이 시적 기교를 통해서 한 편
의 시로 얼굴을 드러낸다. 이 수로修路는 곧 시인의 성찰이 무
엇으로 지향하고 어디로 가늠하는가하는 빌미가 되기도 한다.
최시인은 「묵상」에서 범인凡人은 상상조차 못할 행간의 소리
를 들으려 마음을 기울이는 성찰省察에 다가선다. 그 이유는 오
만해 지려는 자아를 거품인양 걷어내어 마침내 소리 없이 안아
주시는 그분의 안위를 느낀다. 그분의 사랑은 깊고 고요한 물의

파문처럼 번지어 타인까지도 용서하는 지혜를 양식으로 얻는 단계에 이른다. 비록 그 길이 바다에 있어 자취는 알 수 없지만 몸이 씻어지는 파도소리를 들으면서 탈고를 하는, 두려운 경지를 지닌 시인임을 알 수 있다.

최시인의 작품 중에 「종교개혁 500주년 성지순례」, 「믿음의 정원」, 「속죄」, 「용서」등 시제만 보아도 알 수 있듯이시인의 삶 속에는 하나님에 대한 믿음과 열정이 가득하여 늘 신실한 주의 종이기를 바래고, 겸손한 자세로 주님의 성품을 닮아가려는 기도가 면면히 흐름을 발견한다.

'詩人은 神을 만나는 일'이라고, 삼가 황금찬 선생님이 하신 말씀이 새삼 생각나 필자도 두려운 시평詩評에 들어서며 숙연해짐을 느끼면서 최시인의 하나님의 선물 「생명, 그 찬란함」을 만나보자.

동그란 눈망울에
아기 별무리
은하수가 되어 흐르고

꼼지락 열 손가락에는
우주의 평화가 내리고
카르륵, 물방울 미소는
세상에 하나인 보석이고
작은 봄꽃의 열망이다

앙증맞은 엉덩이를 하늘로 들썩
작은 씨앗이 움트고

솟아나는 소리가 들린다

지상에 하나밖에 없는 별로 내려온 보석아

비바람 ,작은 햇살 속에
걸어가는 길은 양지가 되길
슬픔과 기쁨에도 흔들리지 않는 굳셈이
꽃같이 피어나, 향기를 잃지 않는
너의 길이 되길...

　－「생명, 그 찬란함」 전문

　영국의 비평가 '매슈 아널드Matthew Arnold'는 종교를 대신 하는
것이 시詩라고 말했다. 시와 종교의 공통점은 순수와 아름다움과
선善함을 추구하는 점에서 다름이 없다. 시는 이익을 추구하는
것이 아니라 오로지 시적 완성에 가치를 두고 시의 본성本性대
로 독자에게 닿아서 위로이길 바라는 순수가 임무가 되기 때문
이다. 그럼으로 시는 우리의 가슴으로 낳는다는 표현이 옳다. 하여
대장장이처럼 두들기고 깎아서 만드는 쟁이, 글쟁이라는 말은
무지한 자들의 표현일 뿐이다.
　「생명, 그 찬란함」에서 보듯이 아가 눈망울에서 별무리를 어찌
쟁이가 발견 할 수 있을까에 이르면 시의 고귀함이 자리를 찾는다.
　이 시는 모르긴 해도 손자의 탄생을 찬란하다 반기는 할머니
로써의 시적화답이라 여겨진다.
　여담이긴 하지만 프란체스카 2세는 사위인 나폴레옹 1세와는
천하에 둘도 없을 원수지간이었으나 정작 손자 나폴레옹 2세는

지극히 아끼고 사랑했다.

조선의 영조 역시 아들인 사도세자는 싫어하여 비극적인 파국을 맞이했으나, 손자인 정조는 매우 아꼈다. 또한 삼성 창업주인 이병철도 자신의 큰아들은 매우 싫어했지만 손자는 퍽 좋아했다는 역사적 사실을 우리는 알고 있다. 더욱이 작품 안에서 발견한 최시인의 두 자녀는 어머님의 기도로 훌륭한 열매를 거둔 점을 미루어 보면 하나님이 주신 유일한 보석인 손자에게 어떠한 과한시어로 표현해도 그 감사가 부족하리라는 생각에 공감한다. 지상에 하나밖에 없는 별로 내려온 보석이라 여기는 시인은 손자의 앞길이 고요한 양지이길 기도하면서 얕은 생각에 휘둘리지 않는 굳센 인물이 되기를 염원하면서 향기 잃지 않는 꽃으로 잘 성장하기를 축복하는 시어로 마무리하는 할머니의 사랑을 발견한다.

보름 남짓 있으면 필자도 손자의 탄생을 맞이하니 선물을 주신 그분께 감사하다 두 손 모으며 최시인, 손자의 앞길에 눈동자처럼 보살펴 주실 그분의 섭리가 늘 함께하시기를 의탁한다.

2. 최금자 시인의 시적詩的 여행旅行의 길

시詩는 인생 여정의 기록이다. 여행을 하면서 시인은 삶의 도정道程을 바라보고, 시를 쓰며 머나먼 길을 가는 여행의 길이 펼쳐진다. 시적 여정에서 살펴보면 슬픔의 언덕을 넘노라면 신음이 들릴 것이고 때론 파도에 휩쓸리면서 아슬아슬한 고비가 이어지지만 기어이 가야하는 길에는 희로애락의 가락이 스며드는 시의 표정은 저마다 다르게 표출된다.

어떤 사람에게는 희열喜悅의 노래가 있을 것이고 더러는 가슴을 쥐어짜는 아픔의 가락이 연결될 때 비극의 물살에 눈물길도 보일 것이다. 어느 것이든 결국은 삶이라는 명재아래 자화상을 그리는 일이 삶이고 개성의 표정이 저마다 다르게 다가온다. 이것이 바로 시이고 삶의 여정에 노래일 것이다.

시를 쓸 때는 시인 자신만큼 쓰고, 시인 자신만큼 표현한다고 생각한다. 다시 말해 삶의 용량이 깊은 사람은 그 그릇만큼 시가 담겨지고 이와 반대인 경우도 마찬가지다. 그러나 두 경우에도 공통점이 있는데 깊거나 얕거나 용량은 시적 감동과는 무관하다.

예를 들면, 장미의 아름다움이나 작은 별꽃의 아름다움이거나 나의 차이는 바라보는 차이일 뿐이지 감동의 향기와 꽃으로의 품위에 차이가 있는 것은 아니기 때문이다.

문제는 시적 개성이 담겨있는가 아닌가의 결과에 따라 평가의 길은 달라질 수 있을 뿐이다. 깊이 있게 산 최시인의 생의 여정을 들여다보자.

> 생의 여정은 흘러가는 구름
> 낯선 땅 몽마르트 언덕
> 바람이 이국의 언덕에 무명의 천을 휘감고
> 묵언의 소리로 들린다
> 얼굴색이 다른, 낯선 속에 조화로움
> 정겨운 비둘기가 마음에 손을 내민다
> 삶의 에너지를 몸으로 환기 한다

타인 속에 나를 보는 시간
길 위에서 나를 보는 시간
떠난 길에서 낯선 나를 보고
고독이 길을 따라 나선다

낯선 얼굴의 각자 시선은
자기만이 걸어온, 걸어갈 발걸음들
끝이 안 보이는 언덕 아래는 침묵이다
오늘이 완결이 아닌 계속된 물음
영원한 주인공이 될 수 없는 속된 욕망들
공간의 몽마르트 언덕을 마주하고
나를 만나고
너를 받아들이는 시간이다
흩어지는 바람처럼,
우리 모두 각자의 길을
사유의 무게는 더 깊어지고
고뇌는 색을 달리해서 늘 따라 다닌다

— 「몽마르트 언덕에 앉아」 전문

몽마르트 언덕의 역사는 프랑스가 로마의 지배하에 있던 시절 초대 주교인 '생 드니Saint Denis'신부가 카톨릭을 전파하다 부주교 2명과 함께 몽마르트 언덕에서 처형되어 순교하였기에 순교자 Martre와 언덕Mont를 합해 순교자의 언덕 몽마르트라 불리는 곳 이다.

필자가 노트르담 대성당에 갔을 때 성당입구 조각상 중에 유일하게 목을 손에 들고 있는 조각상이 눈에 띠어서 가이드에게 물었더니 '생드니'신부님이라 알려 주었다. '생드니' 신부님은 언덕을 오르기 전 'Yvonne le tac'길의 11번지에서 목이 잘렸고, 잘린 목을 들고 6Km를 걸어간 후에 쓰러져 생을 마감했다는 사실을 9세기 한 신부에 의해 알려지면서 순교당인 생드니 성당이 생긴 것으로 안다.

아마도 최시인은 순례자의 마음으로 순례지로 방문하신듯하다.

현재 몽마르트 언덕은 속세의 형식적인 삶을 거부한 자유를 꿈꾸는 예술가들의 고향으로 낭만이 가득한 관광지에서 변모하여 즉석에서 초상화를 그려주는 정도의 화가들의 본산이며 밤에는 환락가로 변하는 파리 북부에 위치한 상업지역일 뿐이다. 그럼에도 그곳에 도착한 시인의 귀에는 순교자의 외침이 묵언으로 들려오고, 그 소란한 길 위에서 시인은 자신을 들여다보는 순례자의 정진을 가다듬는다. 이는 무장된 하나님의 전신갑주全身甲冑를 입지 않고는 불가하다는 생각에 이른다.

오늘이 끝이 아니고 계속된 물음을 지닌 시인은 속된 욕망들을 마주하면서 나와 상대를 동시에 받아들이는 포용심을 키운다.

이는 나긋한 시어에 나포된 시인들이 넘볼 수 없는 시의 철학이 견고함을 만나는 기쁨으로 마주한다.

결국 그곳에서 시인은 군중 속 고독을 음미하면서 사유의 무게는 더 깊어지고 고뇌는 색을 달리할 뿐 늘 따라다닌다는 수용적 인식으로 탈고하는 깊은 시심을 만난다,

이 외에도 「설악의 연가」, 「와이키키의 노을에서」, 「알펜루트

에서」, 「송네 피오르」 등 여행길에서 자신의 은밀한 것을 다 토해내려는 의식을 가지고 나눔의 배려도 익히면서 전능자의 솜씨로 빚어진 자연을 껴안는 시인으로 영 육간 근육을 키웠다고 생각한다.

최시인의 시적 내공을 계속 따라가 보자.

여행이 시간의 끈이 되어 누워있다
돌아와 제자리에 앉아
나는 간곳없고
찰나의 이야기 옷 자락에 숨었네

떠날 때 바람은 무엇 이었나
돌아 온 시간의 부유
경계선에 서있는 나를 보네
풀려진 짐은 여러 나라 말로
먼지를 폴폴 날리며 나에게 말을 걸어오고

나 없는 사이
거실의 난은 두 동이나
활짝 핀 싱그러움이 되어
자기 자리를 지키고
내가 채우지 못한 언저리에는
생명이
또 다른 이름으로 피어나고 있다

– 「여행 후기」 전문

시는 체험을 축적하는 일에 헌신하는 글이다. 물론 시적 장치라는 고도의 기교技巧가 내포될 뿐만 아니라 산문과는 달리 세상의 모든 장르를 포함하는 큰 그림을 응축凝縮이라는 문자에 새겨 넣는 일종의 다이아몬드를 만드는 일과 비견될 것이다.

크고 많은 것을 단 하나의 알갱이로 수축하는 방법은 기술이 아니라 창조라는 말로 정리된다. 시는 항상 인간존재의 영역에서 벗어나질 않는다. 시는 인간의 모든 영역과 우주를 포함하는 독특한 양식이기 때문이다.

시인은 상상력의 원천을 갖고 시인만의 성城을 구축한다. 다시 말해 시인은 이 성城의 성주城主일 때, 그가 빚은 시는 훌륭한 전신 구성원의 역할로 이어진다. 최금자 시인의 시는 굳은 믿음의 반석위에서 나가거나 들어오거나 그 시심의 기초는 전능자를 앙모하는 탄탄한 마음의 성전聖殿에 기초를 두고 있다.

긴 여행에서 돌아온 시인은 여행을 떠날 때의 마음으로 돌아가서 무엇을 얻고 무엇을 잃었는가를 셈해보니 나는 간곳없고 수많은 시간 속에 이야기는 옷자락에 숨은 찰나라는 순간이었음을 자각한다.

누구나 그렇듯이 여행을 마치고 돌아오면 몇 날은 시차로 고생하고, 내 손을 기다리는 잡다한 일들은 해결하라고 정신적으로 압박하고 더러는 없는 사이에 낭패한 일도 생기는 것이 우리네 삶이 아니던가? 그러기에 큰마음을 내지 않으면 하루라도 떠나지 못하는 일상으로 우울을 접하는 경우도 있다.

풀려진 짐은 여러 나라 말로 정리하라고 다그치고 시인은 돌아온 시간의 경계선에서 나른한 자신을 조우하면서도 없는 사이

물주지 않아 걱정했던 '란' 두 동이 싱그러운 생명으로 활짝 핀 작은 고마움으로 여독을 해소하는 기쁨으로 반기는 최시인의 선한 시심을 만난다. 모르긴 해도 보이지 않는 손길이 키웠을 거란 믿음에 이른다.

3. 꽃신 신고 무지개 건너신 어머니

허무는 삶의 본질이라 말한다. 왜냐하면 영생의 존재가 아닌 데서 나오는 절망을 대신하는 허무는 곧 피할 수 없는 운명과 상관을 갖는 일이 사실이기 때문에 석존불도 예수님도 한결같이 인생을 허무라 설파하셨으니 하물며 범인凡人에 이르러서야 할 말이 없을 것이다. 최시인의 「이 별」도 허무에 깃든 그리움의 표정이다.

            꽃신 신고 먼 길 떠나신
            울 엄마
            꽃구름에 말없이 누우신
            머리맡에는
            빛나는 금 면류관이 총총히
            길고긴 먼 길 돌아
            인생의 들판을 다 지난 후
            하늘나라 무지개다리 건너
            먼 곳

아름다운 곳에서 말이 없고

남은 자는
접어도 접어지지 않는 그리움
지나간 시간만 붙잡네

— 「이별」 전문

시인은 결코 투사가 아니다. 다시 말해서 현실을 개조하거나
혁명을 하는 행동 인이 아니라 현실의 아픔과 슬픔에 다만 반응
反應하는 노래를 시로 지을 뿐이다. 최시인은 소천하신 어머니
를 생각하며 남은 자의 숨길 수 없는 그리움을 되새김질한다.
신의 다른 모습이 어머니라 했던가. 최시인의 어머니 역시 금
면류관이 총총하리만큼 하나님이 특별히 사랑하는 자녀였음이
명징하다. 그 아름다운 천국에서 하얀 세마포를 입으시고 높은
자리에 계실 어머님인줄 알지만 남은 자식으로서의 그리움엔
대책 없는 하소만 일어난다. 최시인은 '꽃신 신고 먼 길 떠나는
울 엄마'를 그리면서 인생의 들판을 지나 무지개다리를 건넜다 표
현한다. 어찌 보면 시인이란 자리는, 백지 앞에선 눈물도 보이지
못하고 기쁨도 조각내야 하는 천형天刑의 길을 고수하는 수도자
이다.
미치도록 보고 싶다는 이 한마디도 시인은 절제라는 승화에
가둬두고 '접어도 접어지지 않는 그리움'이라 에둘러 표현하는
절제미를 구축하면서 시인은 생전에 어머니와의 수많은 이야기
를 붙잡고 그리움을 달래며 탈고 하는 효심에서 필자 역시도

어머니라는 시제는 너무도 따갑고 아려서 감히 허투루 백지에 옮기지 못하고 발효될 때를 기다리고 묻고 사는 터라서 그리움이 고스란히 전해져 앞이 흐려진다.

언젠가 반드시 만난 날을 대비해서라도 최시인의 건강과 건필을 기도한다. 최시인의 작품 중 「작별 연습은」, 「운해」, 「고독」, 「외눈박이 사랑」, 「달빛」 등에서도 바위 같았던 인연들이 연기처럼 사라지는 진한 고독을 만나게 된다.

모든 시인은 시로 자화상을 만드는 일을 계속한다. 형태와 방법은 달라도 결국 자기의 모습, 자화상을 그리는 일로 시업詩業에 정진한다. 물론 저마다 방법이나 기법은 달라도 개성의 일환이고 이로부터 문화를 패용하는 특색은 곧 문학의 업적으로 등장할 것이다. 최시인의 시는 난해하지 않다는 말로 전한다. 다시 말해서 어렵게 돌아가는 지난至難성이 아니라 누구나 접하면 이해의 폭을 가질 수 있기에 최시인의 시가 빛나는 것이다.

문화가 발달할수록 시는 기호화 되는 경향이 다분하다. 왜냐면 정보를 입수하고 표출하는 방법이 복잡다기複雜多技함에서 시 또한 그러한 추세에 영합하는 경향으로 추상화 혹은 난해의 숲을 만들어 독자를 어리둥절하게 만드는 일이 다반사라는 뜻이다. T.S. Eliot의 시적 표현을 머리Head의 시라 칭한다면, 김소월류의 시를 가슴Heart의 시라 칭한다.

어느 것이건 독자 앞에서 이해의 폭으로 전달되는 통로가 용이함을 가질 때 시의 가치를 획득하기 때문이다. 시가 쉽게 느껴지고 쉽게 접근하도록 하는 배려는 장점이기도 하다. 여기에도 상당한 시적 기술이 필요하다. 왜냐하면 시의 종자를 시적

으로 치환置換하여 이미지를 의미화 하는 기교가 없으면 시가
안 될 수 있기 때문이다.

　최시인의 배려적인 시 한 수를 만나 보자.

　　　핸드폰 배터리가 방전되면
　　　꼬르르
　　　말없이 감감소식이다
　　　소리 없이 세상과 단절되어
　　　내가
　　　아무것도 아니라고 일깨워 준다
　　　익숙하던 일상을 손 놓았을 때
　　　고립무원
　　　돌아앉은 섬에 서 있다
　　　어둠이 내려앉은 산마루에
　　　검은 휘장이 쳐지는 순간
　　　가로등이 슬며시 고개를 들고

　　　저물어가는 저녁 해는 신기루
　　　아파트 숲에 걸친 해는 턱걸이 하듯
　　　매일 보아도 어제와 같지 않은
　　　작별은
　　　익숙지 않다

　　　－「작별 연습은」 전문

4. 들꽃 망초까지도 사랑한 시인

시인은 무언가를 찾아나서는 포수이자 방랑객일 것이다. 시인은 원하는 것을 찾아 천릿길도 마다하지 않고 때로는 꽃무리진 아우성의 벌판으로 길을 옮기기도 하고 더러는 명상의 숲에서 미동도 없이 기다림의 열매를 찾아나서는 일상적 행로를 보여주는 모습에서 스스로 감동을 맞이하는 사람이 시인이다.

두 눈으로 사물을 보고 그 감성의 저장을 위해 체험의 양을 늘리면서 언어의 묘수를 찾아 끝없는 여정을 재촉한다. 그 최초의 목표물은 존재의 실상을 알고 싶은 '나'에 모아든다. 최시인의 작품 안에서도 자주 등장하는 구절이 내가 네 가 되고 네가 내가 되는 우주를 중심에 둔 원의 개념이 자주 등장한다. 들꽃 망초에도 자신을 투영하여 보석으로 빚어내는 시어를 낳는다.

여름을 알리는
너는 망초
화려함 없는 들꽃이어도
눈부신 화관을 머리에 이고
7월의 신부가 된다
온 산하 하얀 생명 되어
들판이 등불이다
손길 눈길 닿지 않아도
서러움 없는
마음이 보석이다

피어도피어도
한 치 오차 없는 색의 파문
찬란함 없는 삶이어도
옹기종기 환한 미소는
여름을 춤추게 한다

너에게 말 하리라
들꽃의 비밀은
세상의 소망이라고

「들 꽃」 전문

　얼핏 보면 소국을 닮았고, 빈 터 어디서든 7월쯤이면 하얗고 작은 꽃을 달고 흐드러지게 군무를 이루는, 흔히 '개 망초'라 불리는 들꽃을 최시인은 詩로 상정想定한다.

　화려함 보다는 소박하고 순수한 들꽃 망초에 '너'라는 생명을 선사하고 나아가 7월의 아름다운 신부로 명명하는 최시인의 서정을 만난다. 어쩌면 자신을 망초에 투영해 두고 손길 눈길 닿지 않아도 서러움 없는 보석이라 명명하는 자위적 표현이리라. 찬란함 없는 삶이어도 여름을 춤추게 한다는 극찬에 이른다.

　아름다움이라 불러주면 더 아름다워지고 미워하면 점차 미워지는 것, 예를 들면 이름이 '며느리 밑씻개'라는 꽃은 고부지간의 갈등을 나타내는 말이지만 이 꽃은 아일랜드 전쟁 중에 한몫을 한 이름이다. 매복 중에 며느리 밑씻개의 날카로운 가시 때문에 아픈 신음을 내어 군인들에게 발각되어 소탕 할 수 있으니 아일랜드에선 귀한 대접을 받는 꽃으로 등극했다는 사실이다.

이처럼 미美와 추醜의 갈림길이 있듯, 모든 물상은 신의 섭리대로 존재의 가치가 내재內在하지만 이를 아는 이는 시인만이 가능하다 생각한다.

아름답게 아끼면 아름다워지고, 사랑하면 가까워지는 이치로 변한다는 생각의 친근미가 시를 상제하는 결과에 이르게 한다.

최시인은 망초의 비밀은 '세상의 소망'이라는 위안으로 시를 마무리한다.

겉만 번지르르 하고 안은 시커먼 인간에 비하면 심안心眼에서의 망초는 순수 그 자체라는 역설이 된다.

최시인은 꽃에도 상당한 애정을 지녔기에 그의 작품 중에 「복수초」, 「백일홍」, 「배롱나무」, 「낙화」 등에서도 꽃을 의인화한 다감함이 어려 있다.

또한, 최시인의 시는 길에 선 시인의 모습이 보인다. 그의 시에는 길을 가다 보는 것, 듣는 것에 대한 명상과 자연의 변화에 따른 다감성을 시로 엮어내는 기품이 있다.

자연을 수용하여 바라보는 다양성은 곧 시의 묘미가 된다.

최시인은 꽃들의 향기에 젖기도 하지만 외진 산길도 친근하게 맞이한다.

> 외진 산길
> 적막이 우수수 비늘같이 내려앉는다
> 고요도 이슬같이 내린다
> 인적이 손 내밀어 길을 깨우면

풀숲이 일어선다
산새들 노래한다
산지기 노송이 솔잎 펄럭여 반긴다
비한차례 다져진 숲길
여러 갈래 길조차 온기를 품어
모두에게 너그러운 어머니의 품이다
산딸기와 숲 향기가 익어간다

낮은 넘어지고 밤도 넘어지리라
지식도 버리고 삶도 버려야 하리라
내 이름이 기억되지 않는
생이 끝나는 날
바람같이 나무 아래 고요히
피난처가 되리라

나 지나가도 변함없는 산길

- 「산 길」 전문

5. 최시인의 추억追憶과 회상回想의 여백餘白

추억이란 지난 시간에 이름이고 기억을 재생하고 싶은 어의語義에는 돌아가고 싶은 마음도 들어있을 것이다. 이는 경험이 추스린 날들에 유난한 햇살이 반짝이는 것처럼 회상에서는 아름다움으로 포장되거나 아니면 지우고 싶은 아픔이 물살로 다가올 때는 이를 바라보는 시선에는 여러 감정이 출렁이게 된다.

필자는 바라보기란 즐거움이라 말한다. 인간은 생각을 키울 때는 슬퍼지고, 깊게 느낄 때는 세상의 모든 일들이 괴로움으로 다가오는 경우가 허다하다.

그러나 바라보는 일, 혹은 꽃이나 좋은 사람이나 아름다움을 주는 음악소리에는 행복을 느끼는 것, 오감이 주는 평안일 것이다. 추억은 보는 것 같고, 듣는 것 같은 환상의 결합이기에 그리움을 불러온다.

추억이 예술로 승화되는 것은 순수함을 주는 요소가 많기 때문이라면 최시인의 시에도 그런 요소가 아련하다.

숨겨진 이야기 찾으러 그 곳에 갔지
그 곳에 나 말고는 아무도 없었어
평면의 바다가
바다는 가면이라고 말을 걸어 왔어
철석이며 속을 알 수 없는
바다가 울고 있었어
벗겨진 나를 보았지
바위에 부서지는 파도는
매일 부서져도
다시 쳐서 일어서기도 하지

바다에 걸친 하늘은 새로운 낙원이야
그리워서

그리워서
파스텔 그림이 춤을 추고
구름은 부드럽게 쓰다듬고 있지

언제나 바다는 새로움이라고
그 바다가 속삭였어
다시 꿈꾸라고
숨죽이고 마음을 밀어 넣었어

－「그 겨울의 바다」 전문

마음이란 무엇인가를 물으면 설명할 방도가 묘망渺茫하다.

마치 공기를 설명하는 것처럼 추상의 숲이 한두 가지가 아니다. 물론 시는 시인의 마음을 표현하는 절차이기 때문에 근간인 마음을 헤아려보는 것은 필요한 항목이지만 굳이 낱낱이 이해가 필요한 것은 아니다. 작품 속에는 시인의 마음이 담겨지고 이를 헤아리는 일은 결국 숨길 수 없는 단서를 제공하게 된다.

최시인은 하나님을 앙모하는 기독교인이다. 그의 단편적인 시에는 그분의 섭리가 진하게 드러난다.

더러 시인들이 더 유장한 시를 쓸 욕심으로 온갖 사족蛇足을 주렁주렁 도입해서 시의 격을 떨어뜨리는 누를 범 하는 예를 많이 보게 되는데 최시인의 시는 겹치는 의미를 절제한 매우 간명한 처리가 돋보인다. 짧은 단시에 깊은 의미를 담은 작품도 많다. 시인은 말을 조합하는 사람이 아니라 언어를 줄이고 또 줄이는 노력을 기울일 때 좋은 시는 탄생한다는 것을 전한다.

'그 겨울의 바다'를 찾아간 이유를 '숨겨진 이야기 찾기'라 말한다. 아무도 없는 텅 빈 겨울바다를 찾아가는 이야기라는 점에서 선뜻 진한 그리움의 대상을 떠올리게 한다.

바다가 울고 있었다는 표현에 미루어 정작, 최시인이 울고 있음을 독자는 발견하게 된다. 바다에 걸친 하늘을 새로운 낙원이라는 대목에선 독자는 사랑하는 사람과의 사별을 예감할 수밖에 없다. 남편이든, 자식이든, 부모든 간에 최시인의 홀로 걷는 겨울바다 백사장이 그려지는, 무거운 그리움을 던져준다.

그리워서 그리워서를 반복 도입하는 최시인의 마음에 넘치는 절창絶唱을 공감하게 된다. 살고 죽음이 모두 신의 섭리라 믿고 사는 시인이지만 그리움은 오롯이 남은 자의 형벌일 뿐이다.

바위에 부서지는 파도는 다시 일어선다며 자신을 일으키더니 최시인은 "다시 꿈꾸라고" 속삭이는 바다의 밀어에 힘을 얻으며 시를 마무리하는 내공을 보인다. 필자의 변은 슬프지 않은 자, 어찌 시를 쓰냐고 반문하는 입장이라서 최시인의 아픔이 바로 시인의 길을 가야 할 여정이 아닐까, 위안을 보낸다.

최시인의 작품 중 유독 봄, 여름을 노래하는 시어도 많다. 밝고 경쾌한 시어는 또 다른 시인의 다양한 감성을 만나기에 충분하다. 「봄」, 「봄의 길목」, 「오월」, 「오월의 정경」, 「유 월」, 「여름이 떠날 때」 등이다. 최시인의 손자 이야기일까? 「오월의 아이」를 만나고 다음 작품을 만나보자.

오월의 나무 잎 같은 아이는
춤추는 바람처럼 노래하는 새들처럼

작은 들꽃 같이
넓고 깊은 하늘의 사랑을
조그만 입술을 벌려
꽃 피우고
두 손을 들어 가리키는 곳은
우주보다 넓고 깊은
작은 두 발 작은 두 손은
투명한 유리알 빛으로
가슴에 별 하나씩, 살포시
까만 맑은 시선이
반짝이는 푸르른 오월처럼
내 딛는 한발 한발
돌다리, 징검다리, 나무다리 속에서
끊임없이 발을 띄우길

쉬지 않는 강물처럼

– 「오월의 아이」 전문

6. 마시다 만 커피처럼, 쓰다 만 시詩 한 구절句節

시詩를 일러 애매성Ambiguity의 예술이라 말한다.

가령 한용운님의 「님의 침묵」에서 임은 조국, 부처님, 애인 등으로 바꾸어도 이해가 된다. 시는 인간의 삶을 나타내는 거울이기도 하다. 그 거울 속에는 한 사람의 삶이 담겨져 있고, 소소한 일들이 엮여져서 오늘의 존재로 설정된다.

때문에 시의 표현에는 과거와, 현재 그리고 미래를 엿 볼 수 있는 창문을 갖게 된다. 시인의 특징은 삶에 창문을 다르게 설정하고 그 창문을 통해 외부와 소통하는 자화상을 내보이는 점에서 개성個性을 지니게 된다.

어떤 시인은 넓은 창문을 소유하고, 또 어떤 시인은 작고 여러 개의 창문을 통해 외부와 소통하는 길을 넓힌다. 전자를 개방적이라 말하면 후자는 다소 소극적인 성품으로 대외 관계만을 설정한다. 전자와 후자의 특성을 혼합한 중간자의 경우도 없지는 않지만 시인은 각기 개성이 다르다는 점에서 시의 표정도 시화詩化된다.

시詩는 정서의 기록이고 이를 연결하는 이미지 구축이라야 한다.

이를 위해서는 시적 장치와 거기에 따르는 기교적인 표현이 원숙할 때, 한 편의 시는 완성미를 갖는다. 여기다 시가 과학이라는 말을 더 하면 정치精緻하고 세밀한 시 정신의 향기는 보다 더 멀리 날아가는 위력을 갖게 된다.

여기 신기루 같은 시어를 잡으려 애쓰는 최시인의 고뇌를 만나보자.

> 떠오르는 해를 보고
> 나의 생각이 너에게로 가서 문장이 되었다
> 어둠속에 또 하나의 어둠이 문을 열면
> 적막이 우수수 비늘같이 떨어진다
> 풀어헤친 수많은 단어는 공중에 떠다니는 먼지로
> 만져지지도 않고

밤마다 꿈을 꾸며 창살 없는 감옥에 너를 찾아 헤멘다
끝없는 고뇌는 보이지 않는 가시
해 같이 떠올라 온 종일 말없이 붉은 얼굴로 내일을 생각 한다

나비는 이슬만 마시고 땅에도 내려앉지 않는 두 날개로
어디든 간다

– 「시처럼 살기」 전문

최시인이 시를 바라보는 정서는 다감하다.

떠오르는 해를 보는 시간에 시를 구하는 열정은 깊은 문장을 이루어 낸다.

무형無形의 시를 유형有形이게 하는 방법에 다가가면 이 또한 시인마다 다른 정서를 발견한다. 독서를 하다 발견하기도 하고, 음악을 듣다가 기록하기도 하고, 마음 맞는 문우와 대화를 하다 가도 명시를 낳게 된다.

모름지기 시인이라면 자신의 글뿐만 아니라 상대에게도 글 종자를 제공 할 수 있을 때, 시인의 자긍심은 키를 높인다.

왜냐하면 시는 생물生物이어서 늘 움직이기에 순간포착이 녹녹하지 않다.

풀어헤친 수많은 단어가 공중에 떠다니는 먼지로 흩어져 만져지지도 않음에 최시인은 밤마다 창살 없는 감옥에서 시를 찾아 헤매는 고뇌를 경험한다.

비단 최시인에 국한 된 고뇌일까에 이르면 늘 붓방아가 고작인 필자의 고뇌이기도 하다. 주의 종의 간절한 기도가 상달되듯이 구하고 구하다 보면 기다리던 고도를 만나지 않을까란 희미한

희망을 품고 시인은 일상을 겸손을 기반으로 사물을 봐야 한다. 「시처럼 살기」에서도 마찬가지로 최시인은 고뇌를 뛰어 넘어 나비의 두 날개를 지니고 비상하는 희망을 건져 올린다.

최시인의 시에는 긍정의 정신이 도처에 깔려있어 자신을 이끌어 시를 완성하는 미학美學을 발견한다. 최시인의 시를 이해하는 길은 결국 사랑의 정신을 실천하기 위해 일상의 일들 앞에 맑고 투명한 삶의 지표를 갖고 희망을 일구며 살아야함을 내포한다.

「마음에 옷을 입히고」, 「두 마음」, 「마음 ,둘」, 「마음」, 「벽」 등에서도 천 길 낭떠러지 임에도 자신에게 악수를 청하는 희망을 전하는 작품 들이다. 해를 거듭한 코로나 19 팬데믹은 글로벌시대에 세계를 암울하게 하고 뉴스는 확진자 수가 한 달 이상 천명을 넘는다고 우리의 모든 일상이 재갈 물린 이 시기에 최시인의 희망어린 시집이 상제되는 것은 크나큰 기쁨의 원천이다.

최시인의 「어느 날, 문득」을 만나고 에필로그에 다가선다.

> 매일 보이는 세상에서 내가 찾는 문장을 만나고
> 텅 빈 가슴에 짧은 회오리바람이 불어오다 멀리 사라지면
> 신문을 펼치는 손 귀퉁이로 심연의 마음 숨겨두고
> 하루를 깨우는 새 소리가 귓가에 절실한 외침을 수놓아도
> 음악과 푸른 산하가 눈에 보여도 원하는 것은 돌아 앉아 있다
>
> 저녁 해가 기우는 넋 나간 가슴 한 귀퉁이는
> 채워지지 않는 긴 공백 한 줄기
> 쓰다 만 시 한 구절

마시다 만 진한 커피처럼
목에 걸린 가시같이 이러지도 저러지도
외줄 마음만 석양에 걸려있다.

　　　－「어느 날, 문득」 전문

시詩는 정서와 의미의 두 축을 갖고 적절한 조화의 지점을 가질 때, 비로소 시가 갖는 감동의 효과를 상승시킬 수 있다. 운율이나 이미지 그리고 시적인 배경이나 구성의 묘미에는 감정색조가 선명하게 윤곽을 나타낼 때 독자 앞에 진열된 시의 모습은 높은 의미의 공간을 점령하게 될 것이다.

최시인의 작품들이 감각적 결합에서 유능함을 입증하고 있다.

안정감의 언어와 구조를 의미로 환치換置하는 시적 재치와 응축凝縮에 따르는 절차를 무난히 수행하는 뜻으로 이해해도 좋다.

백지 위에서 종일 외줄 타는 고뇌를 보듬어 살아가는 최시인과 문우이기를 소망해 보면서 최시인의 문도文道에 보이지 않는 손길을 의탁하옵고 문운文運도 함께하길 두 손 모은다.

7. 최시인의 시는 고아高雅하다

최시인의 시에는 완성도 높은 시적 경지를 위해 늘 고뇌하는 땀방울이 역력하다. 사물과 상황을 바라보는 시선이 고아高雅하고, 광범위한 영역을 두루 해석하는 생각의 질량이 상당한 지점에 이르고 있다.

이는 확고한 신념이 뼈대를 이루면서 삶과 시를 일체화로 생각하는 유연미가 있다는 점이다.

또한 최시인은 전지전능하신 신의 사랑을 생에 가장 중요한 근간根幹으로 삼아 어떠한 어려움에도 희망을 길어 올리려는 노력이 명징하다.

사족蛇足없는 맑은 시어를 만난기쁨이 얼마만인지 필자에게도 기쁨이다.

"내가 인간의 여러 언어를 말하고 천사의 말까지 한다 할지라도 사랑이 없으면 울리는 징과 요란한 꽹과리와 다를 것이 없습니다.

내가 하나님의 말씀을 전할 수 있다 하더라도, 온갖 신비를 꿰뚫어 볼 수 있는 모든 지식을 가졌다 하더라도, 산을 옮길만한 완전한 믿음을 가졌다 할지라도 사랑이 없다면 나는 아무것도 아닙니다.

또 내가 비록 모든 재산을 남에게 나누어 준다 하더라도 또 내가 남을 위하여 불 속에 뛰어든다 하더라도 사랑이 없으면 아무 소용이 없습니다.

사랑은 친절 합니다. 사랑은 시기하지 않습니다. 사랑은 자랑하지 않습니다. 사랑은 교만하지 않습니다...생 략... 사랑은 모든 것을 덮어주고 모든 것을 믿고 모든 것을 바라고 모든 것을 견디어 냅니다." 「신약성서 고린도 전서」 중에서 필자가 화두話頭로 삼는 말씀으로, 최시인의 숨겨둔 이야기에 위안이길 바라며 시평을 닫는다.

제행무상諸行無常이 빚은 글 항아리
- 한상화 시집 『직선의 허실』론

1. 詩로 쌓은 진솔眞率한 성城

인간이 꿈을 갖지 않는다면 무의미한 삶을 영위하는 일이 될 것이다. 물론 그 꿈은 높이에서 가파르고 도달하기엔 멀리 있다고 느낄 때 고달픔 또한 예외는 아닐 것이다. 그러나 높이와 고달픔이 삶의 고해 속에 들어있는 목록이기 때문에 이를 극복하고 자기의 꿈을 달성하려는 마음에서 의미 있는 일생이 펼쳐지는 것이다. 물론 어떻게 사는가는 저마다 개성이 나타나는 바에 따른 일이지만 꿈을 가질 때, 멀리 혹은 높이에 도달할 확률은 뚜렷해지는 것이다.

이를 삶의 의미에 추가하면 비록 꿈의 이름에 매달리는 일은 그 자체만으로 생의 빛나는 이름을 가질 수 있다. 꿈이 있는 사람의 의미와 그 반대의 경우에서는 질적인 차이에 차별성을 갖기 때문이다. 시는 곧 어떻게 살아야하는 가의 대답을 내포하고 있고 진지한 일상을 사는 일과 밀접하기 때문이리라.

물론, 삶에서 시詩가 화려한 포장의 도구는 아니다. 오히려 모든 실상을 낱낱이 보여주는 고백이 시의 진솔성이라면 자기 고백의 형태에는 장식하거나 위선으로 꾸미는 일은 시에서는 있을 수 없기 때문이다.

　시詩는 멀리 있는 꿈이거나 높이에 있는 성城만은 아니다. 의지를 갖춘 사람에게는 언젠가는 문을 열어주는 확실한 약속이 담보된 현상이고 이를 위해 꾸준하고 성실하게 앞으로 나아가는 마음과 행동을 수반할 때 시의 얼굴은 순간 다가와 모습을 드러내는 신기루의 이름 —이를 재빨리 포착하여 자기화하여야 한다. 한상화 시인은 욕심 없는 성정, 다시 말해 제행무상諸行無常, 깨달음으로 빚은 글 항아리에 지천에서 발견한 시적 메타포를 형상화하는 부지런의 열매가 수확한 결산이라서 가득하다. 이제 그의 지난했던 글 여정에 들어서서 차분히 논지를 펼치려 한다.

2. 성찰省察이 빚은 시적 묵상黙想

　가진 것은 안 가진 것이고, 안 가진 것은 가진 것이고, 슬픔도 가슴으로 발효시키면 기쁨이 되고, 기쁨도 들여다보면 슬픔일 수 있다는 화자의 성찰이 빚은 시의 여정은 달관達觀의 마음이 표출된 통찰이 보인다.

　이는 삶의 잣대를 물질에 두지 않고 정화된 자신의 시샘에서 건져 올렸기에 그 신선함이 그윽하다. 「어느 미화원의 정년」에서 화자의 삶을 엿보자.

　　새벽 찬바람 속

닦고 쓸던 일터에
서릿발 같은
퇴직 통보를 받던 날
새벽 하늘에선
싸락눈이 내렸다

오르내리던 발자국
쓸고 닦던 어제가
그리워 울었고
굽은 등을 연출하던
쪽방의 희미한 백열등의 서러운 불빛이 그리워 울었고
추운 몸을 녹이던
아랫목의 쪽잠이 그리워 울었고
닦고 닦아 반짝이던
유리벽의 아침햇살이 그리워 울었다

꼭꼭 숨겨 놓았던 나만의 오솔길
고웁던 패랭이꽃의 서럽던 외로움에 울었고
무거운 짐 서로 나누던
동료들의 눈빛이 그리워 울었다
나이 고희를 훌쩍 넘겼으니
언제 또 다시
빗자루 들고
투명한 유리벽을
닦을 날이 있을까

－「어느 미화원의 정년」 전문

위의 시는 일 년 사계절 중 '새벽 찬바람 속'이란 추운계절을 첫 행으로 두었던 의미는 분명 한여름이었어도 화자는 추운 겨울을 노래할 수밖에 없으리라. '퇴직 통보 받던 날'이 따스할 리가 만무하기 때문이다.

　모두가 잠든 고요한 새벽을 깨우는 일 중에는 환경미화원, 우유배달, 신문배달 등 다양한 삶들이 분포되어있다. 그 중에 미화원의 삶이란 누군가로부터 더러워진 환경을 정화하고 제자리에 돌려놓는 일일 것이다. 직업에 귀천貴賤이 없다고는 하지만 그 일은 아무나 할 수가 없어 꺼리게 되는 고단한 직종임을 모두는 알고 있다. 그러나 화자의 시어 중에는 노동의 고단함은 시어 중 어디서도 찾을 수 없다. 화자의 시적 기둥은 그리움이란 메타포에 중심을 두었기 때문이다. '오르내리던 발자국이 그리워 울었다'로 보더라도 어느 미화원은 그 일을 천직으로 감내했음을 알아차리게 된다. 이 얼마나 고귀한 심성인가. 또한 화자는 일터에서 잠시 쉬던 쪽방의 흔들리던 희미한 백열등을 떠올리고, 숨겨둔 오솔길에 패랭이꽃의 외로움에 울었고, 무거운 짐 서로 도와주던 동료들의 눈빛이 그리워 울었고, 깨끗하게 닦은 유리벽 아침햇살이 그리워 울었다는 시어를 도출 해 낸다. 이는 돈 줄이 끊어지는 퇴직통보를 받은 날을 표현했기에 나긋한 시어가 아니라 범상한 표현이라 추켜세우고 싶다. 궁극엔 투명한 유리벽에 빛나던 아침햇살을 볼 수 있는 날이 있을까? 로 시를 마무리 하는 화자의 맑음에 앞으로 그가 지향하는 글의 여정旅程이 환할 것이 명징하다 생각 된다.

3. 시에 대한 소회所懷

시인의 생각은 시로써 시론을 써야하는 일이다. 지루하고 현학적術學的인 자기 과시의 탐닉耽溺이 아니라 벗겨진 자신과의 만남을 이룰 때 그가 쓴 시에는 진한향기가 난다. 인간은 무지의 숲에서 빛을 찾아 헤매는 나그네의 행로가 인생의 길이라 본다면, 어둠을 장님처럼 터벅거리는 사람이 있는가하면 지혜를 앞세워 비록 눈을 감았을지라도 넉넉한 마음으로 걸어가는 사람이 있다. 이 차이는 바로 마음의 깨우침이 있는가? 없는가에 분기된다. 욕망으로 마음을 가리면 앞이 보이지 않고 그 먼지를 걷어내면 눈을 감았던 아니든 불문하고 길이 보이는 법이다. 이런 이치를 불가에서는 -욕심을 걷어라 라는 말로 설법한다.

오욕은 색色 성聲 향香 미味 촉觸이라 하기도 하고 재물욕, 색욕, 음식 욕, 명예욕, 수면욕이라고도 하지만 이 다섯 가지는 서로 어울려서 무시로 다가들기에 이를 경계하는 것은 항상 정신이 깨어있을 때 욕망의 그물을 벗어날 수 있는 것이다. 불교는 행하는 철학이지 높은 곳에서 지시하는 철학이 아니다. 때문에 항상 바르게 살아야 할 명제로 팔정도八正道가 제시된다. 바른 견해의 정견正見과 바른 의지 또는 결의의 정사유正思惟, 정사유 뒤에 생기는 정어正語, 바른 신체적 행위의 정업正業, 또 바른 생활의 정명正命, 용기를 가지고 노력하는 정정진正精進, 바른 의식을 가지고 이상과 목적을 잊지 않는 정념正念, 정신 통일을 의미하는 혹은 무념무상의 정정正定등 여덟 가지 명제는 속인이 깨달음의 길에 들어서는 중요한 목록이다. 한상화

시인의 시에는 이런 정신이 도처에 깔려있어 행동을 이끌어가는 미학이 시로 완성된다. 다시 말해서 한상화의 시를 이해하는 길은 결국 물질이 아닌 그의 순수하고 맑은 성정을 발견하는 길임과 동시에 올곧은 지표를 갖고 살아가는 시인임을 발견하게 된다는 점이다. 화자가 묵언으로 외치는 화두를 만나보자.

바람소리만 쏴쏴쏴
아무것도 보이지 않는다고 소리치는 사람아
조용히 눈을 감아라
눈을 뜨면 하늘과 땅이 맞닿은 지평뿐이니
조용히 눈을 감아라
혜안이 그곳에 있을진저 눈을 감고 보아라
눈을 감으면 보이나니...
서슬퍼런 사천왕 옥석의 방망이도 보이고
황금색 찬란한 부처의 자비도 보이고
아름답게 휘어진 용마루의 선율도 보이나니
눈을 감고 보아라.

들리지 않는다고 귀를 열면 닫히나니
귀를 막고 들어라.
붉은 장삼에 노승의 독경도 들리고
처마루에 매달린 풍경의 애달픔도 들리고
짝을 찾는 산새들의 고운 사랑노래도 들리나니
귀를 막고 들어라.
눈을 감으면 보이고
귀를 막으면 들리나니.

－「폐허의 미학」 전문

위 시에서 화자는 "조용히 눈을 감으라"한다. 두 눈 부릅떠도 코 베이는 이 세상에서 조용히 눈을 감으란다. 그리하면, 비로소 우주의 사방을 지키는 수호신인 사방의 천왕인 사천왕을 볼 수 있을 것이고, 중생을 불쌍히 여기시어 지혜와 복덕으로 지켜주시는 부처님의 자비도 보인다고 일러 준다. 화자는 이미 아무 것도 없다고 아우성 쳐봤자 혜안이 없으면 보이지 않는다는 것을 스스로 터득한 경지에 오른 것이다. 여기서 시의 종자는 움을 틔워 깊은 감동을 전 할 수 있음이다. 나아가 들리지 않는 다고 귀를 열면 오히려 닫히나니 "귀를 막고 들어라"한다. 귀를 막았을 때 비로소 노승의 독경이 들리고 처마 끝에 풍경의 애달픔도 들리고 새들의 짝 찾는 사랑노래도 들릴 것이라 일러 준다. 두 귀를 쫑긋 세우고 살아도 황당한 피해가 발생하는 세상에 귀를 막으라니 범인은 상상할 수 없는 일이지만 화자는 그래야만이 보이고 들릴 것이라는 확신에 찬 시어를 던진다. 이는 화자가 생을 살아오면서 수많은 고통들을 발효시킨 성찰의 경지리라. 1연이 11행이고 2연이 6행, 3연이 2행으로 된 성찰 적 메시지를 담은 시이다. 담겨진 깊은 메타포가 독자에게 잘 전달되면 그 시는 임무를 다하는 것이겠다만 비어있는 행간도 시로 보기에 오히려 전체를 연결했으면 하는 아쉬움과 시에는 결코 마침표를 두지 않는다는 점을 전달한다. 그 이유는 누구든 완전한 만족의 탈고는 없는 법이고 −시적 특성인 함축미와 절제미 낯설기와 비틀기 그리고 숨기기와 난해미 등이 언제든지 수정과 편집으로 가감이 이루어 질 진행형이란 의미라 전달한다.

4. 꽃을 사랑하는 감각의 정서

詩가 감각이라는 말은 신선한 정서의 모임을 일괄해서 말하는 경우가 된다. 의미를 강조하는 철학시 보다는 오히려 정서의 신기함이나 생동감을 줄 때, 맛깔스런 인상을 획득하는 것은 물론이거니와 시의 정서가 신선함을 따라가게 된다는 강조를 하고 싶다. 이는 언어의 운용에 섬세한 독특성을 가미할 때 신선함을 갖는 느낌이 생성된다는 점과 일치한다.

시는 정서와 의미의 두 축을 갖고 적절한 조화의 지점을 가질 때, 비로소 시가 갖는 감동의 효과를 상승시킬 수 있게 된다는 의미이다. 운율이나 이미지 그리고 시적인 배경이나 구성의 묘미에다 감정색조까지 선명하게 윤곽을 나타낼 때 ―독자의 앞에 진열된 시의 모습은 높은 의미의 공간을 점령하게 될 것이다. 한상화 시인의 시詩중에 15편이 꽃에 대한 고찰이다. 화자는 맑은 성정대로 어머니를 사랑하고 주어진 자연환경을 사랑하고 시를 사랑하지만 유난히 꽃을 사랑하는 시인이다. 녹두꽃을 비롯하여 많은 꽃에 대한 시 중에 「들꽃들의 행복」을 만나보자.

화려한 장미가 아니라고
후회할 것도
우아한 백합이 아니라고
한탄할 것도 없다
명예를 얻고 사는 것도 힘들지만
명예를 잃지 않고 사는 것은

더욱 힘 드는 일
오늘 내 이름 석자
붉게 물들지 않고
세상에 오르내리지 않았으니
얼마나 축복받은 일인가

불어오는 바람에
춤을 추고
푸른 별빛에 사랑을 심는
우리는 아름다운 들꽃을.

– 「들꽃들의 행복」 전문

　위 시는 들꽃이 중심 모티브를 이루면서 묘사된다. 첫째 연의
출발은 이름 없는 들풀이 측은지심에 의해 위로 받는 듯하다.
화려한 장미로 사랑 받지 못하지만, 우아한 백합이 아니라서
진한향기조차 지니지 못했지만 후회도 한탄도 할 이유가 없다
는 의미이다. 들꽃을 마치 우리네 서민의 삶이라 놓고 보면
금수저로 태어나지 못함을 한탄하지 말라는 해석도 가능하고,
나름 열심히 향을 움켜쥐고 사람답게 살아 왔거늘 지금의 초
라가 결코 후회할 일은 아니라는 –스스로를 위무慰撫하는 메타
포로 들꽃을 끌어들인 것으로 봐도 무방하겠다. 2연에서 오롯이
답이 보인다. '내 이름 석 자 붉게 물들지 않고' 살아왔으니 얼
마나 축복받은 일인가의 표현으로 들꽃은 화자의 자화상이자
우리들의 자화상인 셈이다. 시에 마무리에서는 '불어오는 바람에 /

춤을 추고 푸른 별빛에 사랑을 심는 / 우리는 아름다운 들꽃'
이라며 온실에서 곱게 자란 나약함이 아니라 닥쳐오는 시련에도
춤을 춘다는 역동적이자 긍정적인 화자의 역설적 표현과 들꽃의
의인화가 시적으로 잘 정리되었음을 알 수 있다. 이는 화자의
상당한 시적 경륜이 이루어 낸 결과이다. 이 한 수를 쓰기 위한
지난한 성찰이 필자에게도 전해온다.

5. 시인은 시를 왜 쓰는가

　　조선 후기의 문신이자 실학자 저술가 시인 철학자 과학자
공학자인 '다산 정약용'은 "임금을 사랑하고 나라를 근심하지
않는 것은 시가 아니다. 시대를 아파하고 세속을 통분해 하지
않으면 시가 아니다. 옳은 것을 찬미하고 잘못을 풍자하며 선을
권장하고 악을 징계하려는 뜻이 없으면 시가 아니다. 그러므로
뜻志이 확립되지 못하고 배움이 순정치 못하고 대도大道를 듣
지 못하고 임금을 바르게 인도하지 못하며 백성들에게 혜택을
베풀려는 마음이 없는 자는 시를 지을 수 없다."라고 일갈했다.
이 말은 시를 지나치게 공리적으로 생각했다는 비난을 받을 소
지는 있겠지만 다산 문학론의 전개 과정에서 볼 때 너무나 당연
한 논리적 귀결이라 여기에 소개한다.
　　시인은 저마다 시의 영혼에 정갈하고 순수한 의상을 입혀서
세상에 풍미風味하기를 염원하면서 시를 창작하기도 하지만
혼탁하고 어지러운 세상을 정화하기위한 소임으로도 시를 창작

한다. 일제 강점기에는 윤동주, 심훈, 이상화, 이육사, 한용운, 조명희 등이 국가의 독립을 위한 저항시인으로 후세는 기억하고 있다. 다시 말해 이 나라의 역사에 시인이 늘 앞장서 왔음을 문인뿐만 아니라 일반인들도 기억하고 있음이다. 시인이 피로 쓴 시어의 위력은 '펜이 칼보다 강하다'는 의미임에는 더 설명이 필요치 않을 것이다. 화자인 한상화시인도 작품 곳곳에서 나라를 걱정하는 충정을 보인다. 이는 시인이 시를 쓰는 소임을 다 한다는 의미로 귀결된다. 화자의 「녹두꽃의 함성」을 만나보자.

광석 뜰 지나 이인을 거침없었던
배고픈 함성들이 우금치에서 그 소리가 멎다
애달픈 저 산마루를 넘어서면
노랑새 꿈꾸는 파아란 하늘이 열릴 줄 누가 알리
껍데기는 가고 알맹이만 오라고
목이 터져라 외치며
서로의 굽은 등을 밀어주던 통한의 우금치고개

동짓달의 찬바람 헤진 저고리로 막아내며
물을 달라고 빼앗긴 밥상을 달라고
애타게 소리치는 피맺힌 절규 앞에
외세의 총부리가 불을 품을 줄
그 누가 알았느뇨?
새야 새야 파랑새야 녹두밭에 앉지마라
녹두꽃이 떨어지면 청포장수 울고 간다며
토해내듯 울부짖었건만
끝내 녹두밭에 파랑새 기세등등히 앉았으니

녹두꽃은 떨어지고 청포장수는 울고 말았네
부란의 비옥한 횡포 앞에 서럽던 녹두꽃
삼남을 물들이며 선혈과 죽창으로 맞섰던
하얀 무명옷에 배인 핏자국이여

아— 어찌 할건가
아— 어찌 할건가
박꽃처럼 하얗던
저 녹두꽃의 함성을!

　　　－「녹두꽃의 함성」 전문

　우금치牛禁峙는 충청남도 공주 주미산에 걸쳐진 고개 이름이다.
화자의 고향이 충청남도 부여인 점을 미루어 그 북쪽에 위치한
공주 우금치牛禁 峙에서 1894년 동학농민군이 일본군의 연합군
을 상대로 최후의 격전을 벌인 우금치 전투를 시적 종자로 삼은
듯하다. 1894년 9월 '전병준'이 이끄는 동학농민군은 일본군의
경복궁 침범과 경제적 약탈을 규탄하며 반봉건, 반외세의 기치
를 내걸고 재봉기를 했으나 고작 죽검으로 일본군의 개틀링 기
관총과 불을 뿜는 쿠르프제 야포에 맞서 싸우다 보니 우리 농민
은 추풍에 낙엽처럼 쓰러졌으며 거의 전멸하게 된 전투였다고
역사는 기록한다. 일본군이 갑오개혁이라는 미명하에 내정간섭
을 일삼자 '전봉준'은 제 2차 동학농민 궐기로 재기를 노렸으나
이듬해 3월 체포되어 처형당함으로써 동학농민전투는 막을 내리
게 된 전투라고 기록은 되어있지만 농민군 측에서 이해한다면

일방적으로 학살당했다는 것이 진실이라고 기록되어지길 바란다. 그 당시 녹두꽃은 몸집이 작아서 '녹두'라는 별명을 지닌 전봉준을 상징했고, 파랑새는 일본군, 청포장수는 조선의 백성을 가리키며 불렀던 민요를 화자는 기억해 내어 시어로 표현했다. 시인이라면 국가의 흥망성세에도 민감한 촉수를 움직여 깊은 책임감을 갖는 일이야 말로 후세에 부끄럽지 않은 시인이라 필자는 주장한다.

그런 점에서 '아- 어찌 할건가'를 반복적으로 절창하며 녹두꽃의 순백한 함성이 지금도 화자의 뇌리에 뜨겁게 울려 퍼지고 있으니 화자야 말로 애국시인의 가슴을 지녔다고 독자들은 엄지척으로 화답하리라 생각한다.

6. 지난 것은 가난조차도 아름다운 수채화水彩畵

충청도 부여를 고향으로 가진 시인은 그 시절로 돌아가려는 시심이 수채화로 그려진다. 누구나 고향은 정겨운 곳 —사실 그 시절로 돌아가면 지긋지긋한 가난이 웅크리고 있는 고향땅일 것이고, 지금 찾아 간다면 변화의 시간 앞에 당혹스러움이 흔한 일일지라도 마음속에 남아있는 고향은 언제나 돌아가고 싶은 귀향의 발길로 이어져 명절이면 온통 길을 메우는 게르만 족의 대이동처럼 펼쳐지는 것이 명절풍경이다.

그렇다면 왜 고향을 그리워하고 되돌아가 안식을 가지려는 걸까를 생각해 보면 이는 모태귀향의 수구초심首丘初心과 같다

하겠다. 인간은 안착安着할 곳을 찾아 끝없이 방황하고 떠도는 나그네의 발길이 일상적인 모습이다. 하루의 일을 마치고 집으로 돌아가는 것도 그런 특성으로 요약한 일이라면 고향은 곧 어머니의 오래된 사랑이 담겨있을 것으로 생각하는 마음의 표시일 것이다. 이 조갈증은 타향에 살고 있는 사람이라면 평생을 지배하는 인자因子일 거라 생각된다. 지난 것은 지독한 가난도 아름답거늘 하물며 보릿고개를 끙끙 넘던 아련한 시절에 추억임에야 무슨 설명이 더 필요할까. 가난이 그려 낸 수채화를 감상해보자.

보릿고개를 끙끙 넘던 시절
연필 한자루 사달라고 아버지를 조르면
어머니는 밑이 훤한 쌀독에서
달걀 한 개를 꺼내주셨다
반달같이 닳아빠진 쇠주걱으로
누룽지 한뭉치 박박 긁어 주셨다

계란은 토굴집 명옥이 아빠한테서
이십환 받아 공책 샀고
누룽지는 학교 뒤 근배한테서
삼십환 받아서 공책 샀지
공책의 흰공간이 자꾸만 메워지면
알낳기를 거부하며 모이만 달라던
씨암탉의 꽁무니를 팽이채로 후려댔고
연필의 키가 작아지면

어머니의 아침밥 사발이 없다
총총한 별무리에 앞날을 세고
웃말 총각 아랫말 처녀
밀월의 첫사랑이 흉이 됐던
그런 시절이 있었다

– 「추억은 아름다워」 전문

　화자는 슬픔의 보릿고개를 아름다운 추억으로 승화시킨 작품이다. 보릿고개는 지난 해 가을에 수확한 양식은 바닥나고 올해 농사지은 보리는 미처 여물지 않은 4–6월 배고픈 시기를 춘궁기 내지는 보릿고개라 했는데 요즘 아이들은 어떤 의미인지도 모르리라. 그 시기를 거쳤다고 보면 화자의 나이가 어림짐작이 되는 대목이다. 일제강점기의 식량수탈과 6·25 전쟁으로 인해 우리의 부모님 시절은 극심한 굶주림 속에 살아야 했던 –풀뿌리나 나무껍질로 끼니를 때우거나 걸식과 빚으로 연명하던 그 시절이 화자의 뇌리에 명징하게 자리 잡은 것은 자식에게 연필 한 자루를 마련해 주기 위한 어머니의 굶주림이 서려있고 공책 한권을 사 주기 위해 아버지 입에 들어 갈, 날달걀 하나가 소환되고 가마솥에 누룽지 한 뭉치가 공책으로 전환되는 아린 추억이 고희가 지난 화자의 회상에 수채화로 그려진다.
　백화점식으로 시적 종자를 도입하는 화자의 시어는 삽상颯爽하기 그지없다. '반달같이 닳아빠진 쇠 주걱'이란 시어語나 '어머니의 아침 사발이 없다'라는 시어詩語는 시적 여정이 지난했음을 보여주는 급랭한 얼음처럼 맑고 투명한 시어가 시를 살렸다고 본다. 그 시절은 거의 같은 허기를 느낀 추억을 지녔지만 계란은 명옥이 아빠한테 팔았고, 누룽지는 근배한테 팔았다는 어린 시절 그 동선을 따라가면 화자는 유년시절에도 영민하고 지혜로운 아이였음이 명징해 진다. 화자의 시제대로 추억이 승화되니 눈 시리게 아름다운 수채화로 거듭났다. 화자의 시적 열정에 문운 이 비취리라 확신한다.

7. 고독孤獨으로 점철點綴된 우리 어머니

  자식에게 잘 먹이고 잘 입히는 일은 어머니에겐 가장 우선시 되는 행복의 척도일 것이다. 더욱이 가난한 시절 자식 입에 넣 어줄 밥은 우주의 전부이자 삶의 명령이었다. 어머니라는 이름은 자식을 가슴에 담고 온갖 신열을 감내하면서 보호하는 일을 숙 명으로 여겼기 때문에 퍼 주어도 마르지 않는 화수분 같은 애 정은 밤낮을 자식들 위한 근심으로 지새웠다. 우리들의 어머니는 처절한 가난과 돌림병이라는 악마의 입으로 부터 자식을 보호 하기 위해서는 당신이 마련 할 수 있는 최소한의 정성으로 정화 수 한 사발을 경건히 신께 올리시고 두 손 모아 비는 기도가 여기저기서 펼쳐졌다. 어쩌면 어머니스스로의 위안이었는지도 모르겠지만 필자에게도 어머니란 이름은 보이는 신이라 생각되 는 대상이었다. 화자의 어머니는 자식 여섯을 두었으나 모두 객 지에서 살다보니 동그마니 고독한 어머니 홀로 고향집에 계시 니 여린 화자의 성정에 눈물이 되겠지만 모두 살아남았으니 이 얼마나 감사한 일인가 필자의 어머니는 자식 열을 두었으나 돌림병으로 여섯을 잃고 지금 넷이 남은 상태이다. 자식이 죽으면 가슴에 묻는다 했으니 아마도 가슴이 너무 무거워 소천 하셨으리라 생각된다. 우리세대는 위로는 부모님을 받들고 아래로는 자식을 껴안은 샌드위치 속에 치즈 같은 삶이었다면, 어느 날 황혼에 서있던 우리가 홀연히 사라지면 이제 우리의 자식들은 그러한 무거움에서 자유하리라 생각된다.

사전은 어머니를 '나를 낳은 여자'라 한다. 이 얼마나 밋밋한 표현인가 여겨지지만 가장 엄밀하고 정확한 필요에서 출발하는 것이 사전의 정의이니 드라이하고 정감은 없지만 우리는 인정을 하고 가는 것이다.

하지만 우리 가슴에 있는 어머니는 언제나 따스하고 정답고 포근하고 애틋하고 아리고 그리운 ―온갖 시적 뉘앙스를 다 지닌 거룩한 이름이다.

가장 두렵고 어려운 시제가 '어머니'만 어느 시인이든지 한 번도 다루지 않은 시인은 아마도 없을 것이다. 그만큼 모태의 근원은 자신의 근본을 의미하기 때문이리라. 화자의 「어머니, 어머니, 우리 어머니」를 만나보자.

칠순이 넘은 아들을 둔 어머니는
황토색 초라한 흙벽돌집을
어느 누가 들고 갈세라
이 밤도 꼬―옥
품속에 넣고 있었다

차디찬 구들장은 엄동에 떨고 있는데
아들이 보내준 통장의 잔액은
보일러 센서의 황색점막에
불을 지피지 못하나보다

겹겹이 둘러쳐진 하얀 비닐이
어머니의 체온을 싸안으며
천리 타향의 아들노릇을 한다
칠순이 넘은 아들을 둔 어머니는
이 밤도
텔레비전 수상기 앞에서
아들의 나이를 하나둘 세고 있었다

– 「어머니, 어머니, 우리 어머니」 전문

시는 사는 노래이고 그 가락은 슬픔일 수도 있고 즐거움일 수도
있다.
어느 쪽에 가깝다 해도 자기화의 방법론으로 살아가는 것은
곧 개성이고 이를 표현하는 시는 생동감을 갖는 노래가 될 수
있다.
한상화시인의 시는 연륜의 깊이에서 건강하고 순수한 이미지의
다스림이 잘 나타나있고 시어의 배열이 적절해 안정감을 준다.
지혜로움을 겸비하고, 스스로 낮춤에서 시어를 탄생시키기에
미소로 다가온다. 또한 화자는 우뚝한 나무처럼 자신의 위치에서
어떤 시련도 긍정으로 껴안으며 자신의 향기를 끌고 다니는 것이

아니라 그 자리에서 향기를 발하니 벌과 나비가 모이는 셈이다. 삶에서 낮은 자세는 정도正道를 지향하는 건실한 모습이라 한층 그의 시가 빛을 더하는 이유이다.

위 시에서는 『어머니 어머니 우리 어머니』를 시제로 앞세운 정겨운 아들의 모습이 역력하다. 외국사람에게 영어로 우리 어머니라 말한다면 누구의 어머니인지 측정이 불가하리라. 이는 우리 민족만의 언어문화로 '우리'라는 의미는 '나' 와 '너' 즉 말하는 '이' 와 듣는 '이'를 포괄하는 개념으로 사용된다. 한국인들은 같은 집단에 속한 사람들끼리 우리나라, 우리민족, 우리사회, 우리지역, 우리학교, 라는 동지애로 똘똘 뭉친 집단정체성을 내포하곤 한다. 우리라는 말 뒤에는 너는 배제하고 싶은 욕망이 숨어있는 것이다. 아마도 일제의 잔악성이 우리를 묶어준 우리라는 이름이 아닐까 생각한다.

위 작품에서 화자인 아들이 칠순이 넘었으니 어머니의 연세가 어느 정도 짐작이 된다. 모르긴 해도 화자의 어머니는 구순이 지나 노구를 이끄시는 연세시리라.

아들이 보내 준 용돈을 아끼시려 겹겹이 둘러쳐진 하얀 비닐이 아들 노릇을 한다는 대목에선 독자들의 심금을 울릴 것이다. 오늘도 어머니는 초라한 흙벽돌집에서 대지의 기운을 받으시며 천리 타향에 둔 아들을 위한 염려와 기도로 홀로 지내시는 그 고귀한 어머니의 품이 화자에게는 늘 그리움의 시공간으로 자리한다. 올 겨울은 예년보다 덜 춥다하지만 겨울동안 어머님의 보일러 센스에 빨간불이 켜져서 홀로 지새시는 밤이 자식들에게 아픔이 되지 않기를 필자도 기도하는 마음을 전한다. 이외에도 화자의 작품 중에는 유독 어머니에 대한 마음이 많이 등장한다. 이는 화자의 효성이 늘 시작詩作에 따라다니기 때문이다.

어느 시인이든지 자기와 일체화된 대상에서는 좀처럼 벗어나기가 어려운 점이라 이해하면 된다.

8. 시정詩情에서의 풍경

시는 시인의 표정이자 고백이다. 꾸밀 수 없고 우회가 없는 정신의 내밀함을 보여주는 거울과 같은 것이다.

시는 곧 정신을 나타내는 계측기이고 온도계이기 때문에 정직한 삶의 표정은 시에 고스란히 반영된다. 물론 시적 장치 ─비유에의 은유 혹은 직유나 상징 혹은 역설 등의 장치를 통해서 의식을 기록하기 때문에 아주 정밀한 심리적인 현상이 나타나게 된다. 또한 시인은 시적 장치를 통해서 항상 낯설게 하기라는 장치를 가동하지만 시의 특성을 열어보면 거개가 자기를 나타내는 방법에서 벗어나는 것이 아닌 진실성에 무게를 갖는다. 시인의 진실한 삶은 종교인이 신을 섬기는 정신과 닮아있기에 선을 추구하는 구도자적 겸손이 바탕이 되어 탄생한 시는 독자로 하여금 감동을 일으켜 눈물을 선사하기도 한다.

이런 기저基底위에서 시는 곧 시인의 자신을 나타내는 그림과 다름이 없다. 화자인 한상화 시인의 120여 편에 달하는 작품에서 발견한 점은 한마디로 인간애로 점철된 성찰이 빚은 긍정의 힘이었다. 이는 시를 창조하기에 가장 적합한 ─부모로부터

받은 태생적 성품이 시인일 수밖에 없음을 보여준다. 화자의 따뜻한 시선은 우리나라 슬픈 역사적 사실에도 상당한 지성을 두고 있고, 꽃과 산과 효와 우정과 삶의 현장까지 백화점식의 종자를 시로 키워내는 천생시인이라서 독자는 그의 시적 여정에 관심을 두고 지켜볼 겸손한 시인이다. 화자의 역사적 인물 고찰 중에 북한의 작가이자 일제강점기에 태어나 청년기를 보낸 시인 '백석'을 사랑한 엘리트 기생 '자야'를 모티브로 한「길상사의 연가」를 만나보자.

　　흰 눈이 펑펑 나리는 날엔
　　길상사에 가자

　　길상사에 가면
　　백석과 자야의 슬픈 사랑이
　　흰 눈 속에 묻혀
　　행궁견월가를 부르고 있다

　　눈이 펑펑 나리는 날
　　길상사에 가면
　　나타샤가 눈이 한길이나 쌓이는 날
　　백석에게로 가고
　　우리는 눈이 한길이나 쌓이는 날
　　길상사로 가자

　　숙정문 용마루에 흰 눈이 펑펑 나리거든

길상화 자야는
긴 잠에서 깨어나
그립고 그리웠던 님을 만나
못다한 사랑을 하자

　－「길상사의 연가」 전문

　사랑의 넓이는 무한하다. 그러나 인간의 사랑은 가까운 것에서 멀리 혹은 형이상학적인 높이에 이를 때, 아가페적인 승화의 길이 이어진다. 동양의 사랑법과 서양의 차이는 유리창처럼 다 보이는 표현이 서양적 표현이라면 동양은 짚으로 얼기설기 짜서 친 발을 통해 들여다보는 문화라서 감추어 살짝 내보이는, 은근함으로 감추는 미학이 우리네 사랑표현이다.

　다시 말해서 나를 전면에 놓은 이기적인 사랑이 아니라 나를 뒤로 감추면서 대상을 앞세우는 점에서 서양의 사랑법과는 차이가 있다.

　고려 가요의 『가시리』의 사랑법 －말리고 막아서는 사랑이 아니라 설리 보내고 속히 돌아오기를 염원하는 은근함에 구속이 담겨진 사랑이며, 김소월식의 사랑 －'죽어도 아니 눈물 흘리오리다'는 겉 표현과는 달리 죽을 만큼 혹은 처절하게 슬픔의 이유를 감추고 보여주지 않는 절제의 미학을 의미한다. 이 절제는 어쩌면 전통의 이별 양식인지도 모른다.

　화자가 작품에 표출한 『길상사의 연가』도 동양적 사랑을 여실히 보여주는 작품이다. 함흥 연회에서 영생교보 영어선생이었던 백석을 만나 해방으로 남북이 갈리다 보니 서로 헤어질 수밖에 없었던 '자야子夜(김영한)'와 '백석(백기행)'의 사랑을 시의 소재로 삼았다.

백석은 경성으로 떠난 자야를 수소문 끝에 찾아 만나고 함흥으로 돌아가기 전 사랑의 도피행각을 벌이고 싶은 백석시인의 마음이 담긴 『나와 나타샤와 흰 당나귀』는 자야에게 건네준 연시이다. 나타샤는 자야를 뜻하는 것이니, 화자는 "흰 눈이 펑펑 나리는 날엔 / 길상사에 가자 자야의 슬픈 사랑이 / 흰 눈 속에 묻혀 / 행궁견월가를 부르고 있다고 표현한다. '행궁견월가'는 '춘양가' 중 '하루가고 대목 2'에 나오는 중모리 장단을 지닌 판소리이다. 화자는 백석과 자야의 사랑에 이몽룡과 춘향을 오버랩하여 사랑의 상징으로 도입한 듯하다.

판소리 한 대목을 소개하면, "하로 가고 이틀 가고 열흘 가고 한달 가고 달 가고 해가 지낼수록 님의 생각이 뼈속에 든다. 도련님 계실 적에 난 밤도 짤루어 한이더니 도련님 떠나시든 날부터는 밤도 길어 원수로구나" 모르긴 해도 화자는 판소리에도 일가견 있음이 명징해 보인다.

또한 화자는 숙정문肅靖門 용마루에 흰 눈이 펑펑 나리거든 / 길상화 자야는 / 그립고 그리웠던 님을 만나 / 못 다한 사랑을 하자'라며 권면하는 시어를 사용하여 시를 마감한다.

숙정문肅靖門은 서울을 둘러싼 4대 성문 중에 북쪽에 위치하고 있는 북대문北大門에 해당한다. 동대문은 흥인지문興仁之門, 서대문은 돈의문敦義門, 남대문은 숭례문崇禮門이라 한다. 1413년 풍수에 능통한 최양선崔壤善이 북대문은 물이 들어오는 방향이라, 물은 성적인 에너지를 의미하기에 따라서 숙정문을 열어놓으면

서울의 여자들이 음란해 진다하여 폐쇄되기도 하였다. 하지만 가뭄 때에는 북대문은 열고 불이 들어오는 남대문은 닫았다는 기록(조선일보 2005.09.10)도 있다.

기생 자야가 법정스님에게 성북동에 위치한 요정 '대원각'을 시주할 때 시가가 1000억이 넘었다한다. 하지만 백석의 시 한 줄만 못하다는 자야의 한 마디는 백석에 대한 존경과 연모를 압축한 표현이라 생각한다. 대원각이었던 욕망의 공간이 현재는 '길상사'로 수행의 도량으로 우뚝하다.

자야는 대원각 시주에 이어 공학도를 위해 KAIST에도 122억을 기증하고 창작과비평사에도 2억을 기증하여 '백석문학상'을 제정한 자야는 수필을 쓰기도 한 문인으로 기억한다.

슴슴한 국수처럼 가늘고 길게 끊어지지 않는 인연이 있다면 백석과 자야를 떠 올리면 답이 될 것이다.

화자가 시작詩作에 도입한 상징적인 시어는 독자의 눈높이에 따라 해석이 갈릴 수 있지만 이것은 전적으로 독자의 몫이다. 시인은 가장 순수한 언어를 메타포에 담아 던져 주면 몫을 다한다고 보면 된다. 하여 시의 주인은 어쩌면 화자가 아닌 독자의 것이리라.

9. 시에 대한 고찰考察

시는 어디서 오는가? 모든 물음에는 답이 있겠으나 시의 출현은 누구도 설명이 불가하다. 단지 명백한 것은 시가 상상의 길을 달려서 문자로 도착하기까지의 여정은 궁극적으로 모호의 미로 속에서 그 의미를 발굴해야 하는 지난한 작업이다. 고대 밀레토스학파에 '아낙시메네스'는 제일의 실체를 공기라 했으며, 영혼은 공기이며 불은 희박해진 공기라 했다. 공기가 응축되면 처음엔 물이 되며 더욱 응축되면 흙이 되고 마지막 단계에 이르면 돌이 된다고 주장했다. 시의 경우도 독일어로는 응축이라 말한다. 이미지와 이미지의 결합에 따라 한편의 시는 판도를 결정하고, 표정을 만들고, 사물의 형상을 축조하여 독자를 감탄하게 만들 때, 시의 길은 확실하겠지만 정작 어떤 경로와 설계에 따라 다가오는가는 아무도 알 수 없는 탄생의 비밀을 간직하고 있다.

부유浮游의 공기에서 변화하여 돌이라는 마지막 경결硬結의 의지로 얼굴을 내 보이는 일은 철학이 주장하는 창조의 문법이지만 시의 대입에서는 설명이 용이해진다. 결국 시인은 공기에서 물 혹은 불 나아가 돌이라는 이미지 구축을 통해서 자기만의 세계를 보여주는 존재 −쟁이가 아닌 창조자라는 이름이 따른다 할 수 있다.

시인을 문학에 앞자리에 놓는 이유도 바로 창조라는 말에 근접한 것이리라. 이는 정신의 문제로 바라보는 결과에서 존엄의 가치를 획득하는 이유에 하나이기도 하다. −화자의 정신은 곧 시의 성품과 밀접한 관계망을 형성한다. 어머니를 생각하는 효성과 자연에 대한 다정함이 화자의 순수하고 겸손함에 어우러져 온화한 시적 물줄기를 형성하고 있다. 그의 시의 특질은 희망을 절망 앞에 놓는 것이 아니라 절망과 희망을 동일선상에 놓고 바라보는 긍정의 에너지가 포진되어 있어 안정적인 이미지 설정이 평행을 이루니 독자의 가슴에 젖어 들리라 확신한다. 그의 시는 언어의 비유가 신선하고 다방면으로 지성을 갖추고 있어 전달함에 있어 상당한 독자의 수준을 높이는 속성을 지닌 시인이다. 120여 편에 달하는 작품에서 발견한 점은 인간애로 점철된 성찰이 빚은 긍정의 힘이 들어있다. 고희를 넘긴 한상화 시인의 순수하고 맑은 시어를 접했음은 필자에게도 큰 기쁨이 었음에 문운을 빌어드리며 시평을 닫는다.

공空이란 보자기에 담아낸 승화된 시적 의식
– 박종호 시집『김교수의 피아노연주』론

1. 시詩는 상처다

시가 어디에서 오는가는 사람마다 다르다. 이를 개성이라는
표현에 한정하면 너무 천편일률적이지만 시인에 따라 다른 표정을
만들기에 시의 맛과 깊은 향기가 드러난다.

시를 일정한 규범에 가두면 그것은 이미 시詩가 아니라 박제
剝製된 형상에 불과하다. 왜냐하면 시는 언제나 살아있는 생명
에의 영원성을 간직하고 있는 불멸의 존재이기 때문이다. 하여,
시는 인간의 창조물創造物 이라는 헌사獻詞를 바칠 수 있는 유일한
예술적 가치가 되는 이유가 내재한다.

인간은 유한의 존재이지만 정신의 창조물인 예술은 유한을
뛰어넘는 시간정복의 위대한 길이 바로 시詩의 가치를 부여할
수 있기 때문이다.

하늘에 무수한 별들이 있지만 희미한 것도 있고 또렷한 빛으로
어둠의 세상을 꾸미는 장식의 경우도 있다. 여기엔 저마다 다른
노력과 신산辛酸한 고통을 지불하고 비로소 자기 존재를 확실한
세상의 이름으로 형상화한다.

달리 말하면 상처의 깊이가 크면 −세상을 살아가는 고통의

깊이에 이른 성공담은 감동을 주는 이치 —일평생 고통을 모르고 산 사람의 향기와 엄혹한 형극荊棘의 길을 걸어 온 사람의 향기를 동등한 등가等價로 말 할 수는 없다.

물론 상처를 받아들이고 그것을 시로 승화시킨 —박종호 시인의 시에는 깊은 심연의 고통을 비워내려 공空이란 보자기에 담아 오랜 과정을 거쳐 자신만의 에너지로 발효시켜 긍정의 메시지를 탄생시킴으로 지극히 일상적인 담담함 속에 향기 어린 시어를 빚어 표현 —박종호 시인의 시詩는 상징과 비유 그리고 은유라는 시적 장치들을 통해서 넉넉히 가능한, 낯섦의 표현이 특성이기 때문이다. 이제, 박종호 시인의 절절한 가슴을 열어본다.

> 아무 것도 없다
> 아무것도 생각나지 않는다
> 벌거벗고 그저 무심히 서있다
> 한때 남김없이 주었고
> 미련 없이 빈 몸이 됐다
> 바람이 스치면 스치는 대로
> 해가지면 지는 대로
> 이곳에 서있다 이곳은 횅한 벌판이다
> 먹구름이 몰려오는데 비 피할 곳이 없다
> 가려진 곳 가릴 곳이 없다
> 가야할 곳 갈 곳이 없다
> 아무런 뜻 없이 비껴 지나는
> 세월의 길섶에 그냥 서 있다
>
> -「나목 7」 전문

시는 시인을 반영하는 거울이다.

박종호 시인은 자신을 벌거벗은 나무라는 등식에 두고 여름 한 철 푸르른 시절, 그늘도 내어 주고 과실도 다 내어 주었건만 먹구름이 저만치 내 삶에 당도하는 것을 목도하면서 피할 곳도 도움의 손길조차 없이 휑한 벌판에 홀로서서 바람이라는 악재가 스치면 스치는 대로, 희망이 절망으로 지면 지는 대로 의연한 자세로 그 자리에서 순응하는 초연함을 보여준다.

더욱이 그 고독한 자리를 벗어나 가야할 곳도 갈 곳도 없이 세월의 길섶에 그냥 서 있다는, 그냥이란 시어가 독자로 하여금 무한한 공감을 불러일으키리라 확신한다.

박시인은 『나목 1~나목 8』까지 바람만 스쳐도 눈이 시리고 외로움에 떨고 있는 자신을 거짓 없이 투영하면서 다 잃어 봐야 소중함을 알고 다 잊어 봐야 그리움이 된다는 성찰에 이른다.

누군가가 우는데 자신의 가슴이 메인다는 인간애를 지닌 시인이다.

바람에게 나는 이제 어디로 가야하냐고 묻고 있는 시인의 기도 祈禱가 궁극에는 희망으로 이어지기를 바라면서 시인의 시도 詩圖를 따라 먼 길을 여행하는 감동에 들어서 본다.

  외로움도 인생의 일부란다 괴로움도 인생의 일부란다
  슬픔도 낙심도 사는 동안 겪지 않고는 이뤄지지 않는 거란다
  나를 괴롭혀도 나를 발가벗겨도 미워하지 말란다
  인생에 필요한 일이란다
  모든 걸 겪어봐야 쓰고 달고를 알 수 있지

즐길 줄 아는 게 참 인생이지
실망하거나 낙심하지 않는 것이 현명하단다
불어라 바람아 폭풍아 몰아쳐라
내 온몸 부수고 때려라
겪어야 할 일
밤이 오면 다시 해가 뜨고 비가 와야 꽃이 피지

- 「裸木 9」 전문

한때 무성했던 푸른 나무는 세월이 지날수록 의도치 않는 세파에 시달리면서 헐거워지다 못해 앙상한 나목 같은 가을이라는 허망虛妄을 만나게 되고 새들도 햇살조차도 외면하는 앙상한 외로움에 직면하면서 추워서 움츠러든 인간사와 마주하게 된다.

그럼에도 박시인은 자신을 비껴 제3자를 화자로 두고 자신 끌어 앉기에 돌입하는 승리를 시어에 숨겨 둔다. 어떠한 어려운 상황도 경험치라는 의미를 새기면서 발가벗기고 괴롭힌 자도 용서하자는 자비를 선사한다.

그러한 인내의 시간이 박시인의 시詩에 자궁이 되어 감동이 전해오는 강인한 시로 잉태 된다.

현명한자는 어떠한 어려움에도 실망이나 낙심이 없어야 한다는 박시인의 설득은 현 시대를 힘겹게 살아가는 독자들에게 큰 위로가 될 수밖에 없기에 미래에 더 우뚝할 시인의 표정을 미리 만나게 되는 기쁨이 다가온다. 밤이 오면 다시 해가 뜨고 비가 와야 꽃이 핀다는 당연한 귀결로 탈고가 되는 승리를 만나다.

『나목 1~나목 8』까지 박시인 자신은 나목으로 그 자리에

서서 어떤 세찬 바람이 운명을 강타 할 지라도 보란 듯이 견디겠다는 각오와 세상의 모든 일을 사랑하겠다는 희망의 노래를 한다. 그 노래 속에는 바람 잦아들기를 기다리는 염원과 언젠가 맞이할 봄이 오면 찬란한 잎을 피우고 말겠노라는 비장悲壯한 결기에 필자도 응원의 합장을 보낸다.

2. 시詩로 켜는 바이올린 선율旋律

　시는 체험을 축적하는 일에 헌신하는 글이다. 물론 시적 장치라는 고도의 기교技巧가 내포될 뿐만 아니라 산문과는 달리 세상의 모든 장르를 포함하는 큰 그림을 응축凝縮이라는 문자에 새겨 넣는 일종의 다이아몬드를 만드는 일과 비견될 것이다.

　다시 말해서 크고 많은 것을 단 하나의 알갱이로 수축하는 방법은 기술이 아니라 창조라는 말로 정리된다. 시는 항상 인간존재의 영역에서 벗어나는 것이 아니다. 시는 인간의 모든 영역과 우주를 포함하는 독특한 양식이기 때문이다.

　여기서 시의 자리는 여타 산문이 범접하지 못하는 세계의 입구를 찾아야하는 시인의 독특한 임무가 주어질 뿐만 아니라 독자 또한 공감의 세계로 인도하는 빛나는 길을 만드는 점 -상상력의 원천을 갖고 시인만의 성城을 구축한다.

　다시 말해 시인은 이 성城의 성주城主일 때, 그가 빚은 시는 훌륭한 전신 구성원의 역할로 이어진다. 박종호 시인의 시詩는 세상의 모든 장르 중에서도 바이올린에 실린 파블로 데 사라사테의

'집시의 노래' 요하네스 브람스의 '헝가리 무곡' 파블로 데 사라사테의 '카르멘 환상곡' 베토벤의 '로망' 베토벤 '소나타'에 르네스트 쇼숑의 '시 곡' 카미유 생상스의 '서주와 론도 카프리 치오스' 파가니니의 '카프리 24' 사라 풀러 아담스의 '내 주를 가까이 하려 함은' 에드워드 엘가의 '사랑의 인사' 크리이슬러 – 라흐마니노프의 '사랑의 기쁨' 게오르크 필리프 텔레만의 '무 베이스 환상곡' 그리고 볼프강 아마데우스 모차르트의 '바이올린 협주곡'에 이르기 까지 18세기에서 19세기에 이르는 세계적인 바이올린 연주 중에 가장 유명한 모든 작품을 시어로 남긴 점은 박시인의 폭 넓은 시세계와 무관하지 않은 시의 고찰 정신이다.

　다행히도 필자가 모두 가슴 절절이 좋아했던 선율이라 공감대가 형성되어 박시인의 시도詩圖를 펼쳐 보는 것이 기쁨이지 않을 수 없다.

　　　심장의 곁을 떨며 애절하다가
　　　겨우 그의 살짝 놓는 저음에
　　　안착하는 위태로움

　　　현의 얽힌 숲에서
　　　깊어서 알지 못하는 저 묵은 슬픔 같은
　　　소리의 결을 찢는 섬세한 음감
　　　너무도 날렵하게 소리를
　　　빛으로 넘기는 듯한
　　　극極
　　　길게 뻗다 짧게 끝난 섬광이

고요한 공기에서 번쩍이고
심연의 바다가 현을 타고 넘나든다
공간의 유영은 안심을 주지만
그는 쉬임 없이 소리를 데려와
공간을 가를 체
화음의 껍질을 씌우고 있다

닿아야지, 쉼표의 안주에
고귀한 채
느껴야 들려주는 그의 연주
너무 깊어서
너무 높아서
위태로운 흥분

   – 파블로 데 사라사테／집시의 노래
    「sarasate／zigeunorweisen」 전문

　독일어로 '집시의 노래zigeunorweisen'라는 파블로 데 사라사테
sarasate가 작곡한 바이올린 연주곡이다.
　이 곡은 누구에게나 심금을 울리는 곡으로 필자의 경험상으로
처음 시작하는 선율부터 아무 생각 없이 비극의 주인공으로
함락되는 곡이다.
　독일어로 집시를 치고이너zigeuner라고 썼지만 지금은 '신티
인 과 롬인'이라는 뜻의 '진티 운트 로마sinti und roma'라는 공식
적인 표현으로 사용하고 있다.
　집시라는 단어자체는 인도 북서부, 주로 라자스탄 지방에서
이주해 유럽으로 들어 올 때 이집트에서 발행한 통행증을 들고

이집트 민족임을 자칭한 데서 유래한 것이다. 지금은 정착한 집시들이 많고 유럽의회 의원도 존재하지만 19세기 그 당시엔 거의가 나라 없이 질 낮은 삶에 내몰린 유랑객이었거나 소매치기 그 이상도 그 이하도 아니었을 것이다.

그 아픔을 노래한 '집시의 노래'가 박시인의 아픔과 동질감을 일으켜 깊어서 알지 못하는 묵은 슬픔의 소리를 내면에서 발견하여 숨을 넘고 끊는 듯한 극極에 다다른다. 우리네 삶처럼 너무 깊고 너무 높아서 위태로운 흥분을 느끼는 박시인의 예술성을 엿볼 수 있다.

박시인이 아끼는 14곡 중에 브람스 '헝가리 무곡'을 만나보자.

> 살을 에이는 소리의 한기寒氣가
> 오한을 일으킨 듯 떨리어
>
> 칼처럼 예리한 음의 날이
> 폐부를 찢는 듯한
>
> 한 맺힌 듯 표독스런 활의 놀림은
> 소름 돋힌 소리의 공간에
> 알을 품은 여인처럼
> 찢으고 찢으고
>
> 거침없는 현의 난장亂場에
> 이 공간의 소리는 호흡이 가쁘고
> 현란한 음의 파도는
> 쉴 새 없이 쉴 새 없이 밀려만 드는데

쉴 틈 없이 밀려드는 빛의 폭풍에
쉼표는 안주安住하지 못하고
밀리어 쫓기어
갈 곳 없는 오선지 밖의 이탈離脫

오온 곳이 얼어붙고 예리하고
오온 곳이 표독스런
느낄수록 갈증 나는 신비의 영역領域

– 요하네스 브람스／헝가리 무곡
「brhams／hungarian dans」

브람스 20세에 바이올리니스트 '레메니'와 연주여행을 하면서 헝가리 음악에 관심을 가지고 16년간 헝가리 집시음악을 모아 '헝가리 무곡 집'을 발간 한다. 빠르고 경쾌한 멜로디가 특징이어서 다이내믹함을 느낄 수 있으며 오케스트라 연주로 접하던 곡이다.

헝가리 무곡은 총 21개인데 특히 5번이 제일 우리에게 익숙한 곡이다.

재미있는 사실은 필자의 어린 손자가 즐겨보는 애벌레를 뜻하는 '라바' 라는 애니메이션의 배경 멜로디라서 더욱 친숙하다.

이 곡은 당김 음 '싱크페이션syncopation'이나 갑작스런 조 바꿈으로 빠르고 흥겨운 리듬과 비극적인 느린 색채가 맞물린 집시음악의 특색을 잘 보여주는 곡이다.

박시인은 이 곡에서 오한惡寒을 일으킬 정도로 살을 에이는 한기를 일으킨다고 말한다. 독을 품은 여인의 소름 돋힌 독기로

온 몸이 얼어붙는 신비의 영역이라 말한다.

시인은 이토록 지고한 감성에서 시의 향기를 진하게 발산할 수 있기에 천생 시인일 수밖에 없는 시샘의 소유자란 생각에 도달한다.

3. 시인의 감수성感受性 연결

시는 논리論理다. 시는 과학科學이다.

인간은 주관적인 감정을 지닌 '파토스Pathos'와 우주만물에 존재하는 조화질서의 근본인 '로고스 Logos'의 두 갈래를 어떻게 조화로 엮어내는가의 여부에 따라 시詩의 성패는 분기分岐하게 된다.

시詩는 파토스의 함량이 로고스의 양보다 약간 많을 수는 있지만 둘의 균형을 갖출 때 —여기엔 독자의 수용미학적인 분석이 필요해 진다. 무지無知한 독자에게 고급한 시적 정서는 아무런 필요조차 느끼지 못하는 무용지물無用之物이지만, 시의 맛을 아는 독자에게는 한없이 부드럽고 아름답게 속삭이는 맛깔스런 표현에 깊은 애정을 보내게 된다.

독자와 시인과의 공감의 통로가 열리면 구원의 언어로 승화되는 것도 이러한 이치다.

어찌 보면 시의 정서는 결국 선택적인 독자에 의해 살아나는 생물生物인셈이다. 때문에 시는 정치精緻하고 빈틈없는 셈법에 의해 독자의 심금을 자극하는 예술이 되는 것이다. 무작정의 조합이 아닌 논리적 도움으로 살아나는 영민함이 요구된다. 이런 계산 하에 시인과 독자와의 관계가 공명共鳴현상을 체험하는 뜻이 된다.

박종호 시인의 시적 인상은 그런 논리적 바탕을 전제로 감수성의 흐름을 포착하는 표정을 만나게 된다.

나목을 자신으로 삼는 비유나 바이올린 선율을 시화詩化한 절제된 표현이나 앞으로 만날 벚꽃 능소화 민들레 양귀비 코스모스 꽃들과 대화하는 섬세함으로 미루어 내면에 글 집으로 박시인의 행복한 여생이 그려진다.

> 저거 봐라
> 낭창낭창 휘늘어지는 거 봐라
>
> 저거 봐라
> 살랑살랑 간드러지는 거 봐라
>
> 제 멋대로 흐드러져
> 네 취한 트위스트처럼
> 이리 흘러서 뭐 어쩌려고
> 눈웃음 죄다 모아서
> 날리는지,
> 이리 빠져 난들
> 어찌하라고
> 오만 아양에 겨워
> 못내
> 가다 오고

가다가
다시 오고

- 「벚 꽃 1」 전문

볼에 연지 그저 슬쩍 발랐을 뿐이에요
그냥 입술 살짝 미소 띠었을 뿐이에요
허리 쪼금 살랑댔을 뿐이에요
그렇다고 보일 듯 향기를 내는 것도 아닌데
찾아와 맴도는지 모를 일이야
날듯 날리듯 하늘대는데도
저리 심사 흐트는지 모를 일이야

단지 조금 긴장하긴 했어요
요만큼 눈웃음치긴 했어요
가늘게 살짝 산들대긴 했어요

부드러운 남자 같은 바람이 오면
수줍은 듯 연약한 허리를 꼬며
한들 대긴 했어요
나 또한 참을 수 없었어요
푸른 하는 파란 햇살 파릇한 내음 땜에
또한 참을 수가 없어
나도 그처럼 그이처럼 바람결 안고
그저 조금 하늘거렸어요

- 「코스모스」 전문

시는 인간만이 쓰고 있다. 인간 이외의 다른 존재는 일찍이 시를 써본 일이 없다. 컴퓨터가 쓴 시는 뭐냐고 할지도 모르지만 그것은 인간이 컴퓨터에 시를 입력시킨 결과일 뿐이다.

소설은 다른 차원이다. AI에게 '사장과 여비서'를 입력했더니 순식간에 그렇고 그런 로맨스를 만들어 낸다.

하지만 시는 그럴 수 없다 무형의 상상이 유형의 의미를 만들어 내기 때문이다. 인간은 시를 쓸 수 있기 때문에 다른 존재와 구별되는 특이한 존재인 것이다.

항간에 시인을 글쟁이라 말하는 경우를 만난다. 시인은 뇌수를 짜서 시어를 창작하는 사람이지 연장으로 두드려 물건을 만드는 사람이 아니기에 쟁이란 표현은 무지無知한 사람들의 저급함일 뿐이다.

박시인의 맛깔스런 표현인 「벚 꽃 1」의 낭창 낭창이나, 「코스모스」의 연지 슬쩍 발랐다든지, 요만큼 눈웃음치긴 했어요. 라는 표현을 감성이 풍부한 시인이 아니고서야 어찌 백지에 옮길 수 있단 말인가.

고전적 삼분법이라고 불리는 시의 세 가지 종류는 모두가 알고 있듯이 서정시. 서사시, 극시이다. 그중에서 서사시와 극시는 시대의 흐름에 따라 이름도 시가 아닌 소설과 희곡으로 바뀔 만큼 변화를 겪었다.

그에 비해 서정시는 상대적으로 변화가 덜해서 오늘날 시詩라는 이름을 독점하게 된 것이다. 말 그대로 감정을 표현한다는 뜻이다.

박시인의 꽃들과의 대화에서도 충분한 시적 서정을 만날 수

있다. 박시인이 남성임에도 성별을 모르면 여성시인의 섬세함
으로 쓰여 졌다고 오인 할 정도로 다감하고 나긋한 시어에 건필
을 기대한다.

4. 시詩의 다양한 종자種子

시인은 시를 쓰기 이전과 이후가 달라진다는 고백을 한다.
시는 사물과의 대화이기 때문에 성찰省察의 눈으로 보면 모두
대화의 창문이 되고 시심詩心에 씨앗이 되는 종자種子가 된다.

다시 말해서 시를 쓰기 시작하면서부터 지나치기 쉬운 길섶에
작은 풀꽃과도 교감이 이루어지고, 미처 생각하지 못했던 소리,
영혼의 또 다른 세계로 확장되는 소리에 까지 귀를 열게 된다.

시인에게 우주 자연은 소리로 가득하다. 봄이면 땅을 뚫고
올라오는 싹들의 소리, 범인凡人에게는 들리지 않지만 시인에게는
아우성으로 들려 민감한 촉수를 두리번거리다가 시로 환생還生
시킨다. 심지어 땅속에 지렁이 울음도 시인의 귀에는 들리는 것
이다.

박시인은 바이올린 연주 선율에 시를 탄생시키고, 꽃들과
대화로 시를 엮더니 나아가 '명태'와 '홍어'에서도 시詩 종자種
子를 구한다. 박시인의 시적 종자 구하기는 필자와 마찬가지로
백화점식이다.

어느 시인은 꽃만 다루는 테마시를 쓴다. 쪼개고 또 쪼개어
나노Nano까지 갈 생각이라 했다. 또 어느 시인은 힐링 테마로

희망만을 노래한다. 어느 것이 옳다는 결론은 없지만 그만큼 종자 구하기가 만만치 않다는 자구책이다.

박시인의 시 종자인 말라비틀어진 「명태」와 「바다로 간 천안함」을 만나보자.

좌판에 널브러져 말라비틀어진 명태를 사려다
갑자기 아버지가 생각이 난다
비쩍 마른 몸매에 푸른 동아줄이 얼기설기 얽혀
볼품이 없는 몸으로 어둠이 깃들어야
얇은 다리를 털며 슬며시 웃으시던 아버지
피곤을 술로 씻고 오셨다
웃으면 주름이 깊게 패고 볼우물이 몇 개나 생기시던
공허한 아버지의 얼굴이 누워 뜻 없이 웃는 명태를 닮은 것 같아
집었다 놓았다 망설여진다

— 중 략 —

아버지의 술잔은 절반이 눈물이었다

아버지는 매일같이 세상의 바람을 맞으며 난장을 헤매었고
세월을 멜수록 차츰 움츠려들고 말라가며 볼품이 없어졌다
젊은 시절 거나하게 폼 잡은 희한한 사진 한 장의 모습은 바래고
아버지의 모습은 달라져 있다

명태는 세파에 시달리듯 매서운 찬바람을 온몸으로 맞으며
제 할 일을 슬퍼하지 않았다

내 몸이 말라가도 무심한 명태의 눈처럼 내색하지 않았다
아니 내색할 수 없는 미안한 마음이 매일 자리하고 있었다
결국 바싹 마른 아버지는 먼 바다를 헤엄쳐갔다

내 몸이 말라간다 얼굴에 주름이 늘고 눈은 흐릿하고 표정이 없어진다
드러낼 수 없는 마음 속 깊이 미안한 마음만 자리하고 있다
세월이 갈수록 아버지의 기억은 또렷해지고
나이가 들수록 아버지를 닮아 간다는 사람들의 말이
외롭다는 느낌이 드는 건 왜일까 오늘도 절반의 눈물을 마신다

‒「명태의 운명」일부

아들아 나 찾거든 바다로 갔다 일르려무나
바다 속 진주는 지천이라
애쓰고 캐 엄마에게 걸어주련다

몇일 낮 밤 오지 않아 화를 내거든

고래를 좇고 있다 일르려무나
몸도 마음도 물이 들어
꿈도 파래지도록
바다에 머무른다 일르려무나
고래는 더 깊고 넓은 바다로
헤엄치고 있다고 일르려무나
고래는 거침없이 숨을 쉰단다
아들아 날 보고 싶거든 바다로 오렴

깊고 푸른 바다에 하얗게 고래가 뛰놀고
아빠는 웃으며 고래를 쫓고 있단다
파아란 아빠는 웃고 있더라 일르려무나

- 「바다로 간 천안함」 전문

　시인은 자기의 경험과 철학으로 자화상을 만든다. 상상의 재료가 어우러져 독특한 자신만의 세계를 구축하고 여기에 시인의 사상이 탑을 쌓으면 비로소 자화상의 성주城主로 등극한다.
　시는 결국 자기의 세계를 만들어 공감에의 공유로 나아가는 길을 만들어야 하기 때문이다.
　여기에는 두 가지 조건이 들어 있어야 한다. 자기의 개성의 깃발이 있어야하고 더불어 독자와 공유의 보편성을 갖는 소통의 미학이 내재하여야 한다. 개성은 독특한 이미지 구축이 요소일 것이고 독자에게 쉽게 다가가는 일은 일종의 재능이 아닐 수 없다.
　두 가지의 의미가 결합된 시는 훌륭하다는 찬사가 따라갈 것은 명징하다. 이 두 요소를 시의 하드웨어라면 시적 조건이 되는 세부적인 부수적인 소프트웨어가 기교로 따라와야 한다. 일종의 시적 장치인 은유나 직유 혹은 이미지, 상징, 리듬, 인유, 패러디 등 시적 어조tone가 기본을 이룬다. 시적 담론은 시인 삶의 모든 것이 들어 있을 때라야 길이 열린다.
　다시 말해서 시인의 전체 삶을 투척하여 시의 묘미를 간직하는 경지에 이를 때 비로소 시는 표정을 관리하는 길로 들어서게 된다.

박종호 시인은 말라비틀어진 명태를 사려다가 가슴 밑둥에 그리움으로 자리하고 있던 아버지를 연상하면서 이미지 구축에 다가선다. 가족을 위해 난장판을 헤매시어 기진하고 야윈 모습이 영락없이 명태를 닮았다는 아픔으로 눈물이 된다. 부자지간의 인연이 얼마나 깊고 그윽한지 명징하게 보여준다.

우리 부모세대는 동족상잔의 6·25를 겪으시고 폐허가 된 상황에 배고픔이 다반사였던 한恨뿐인 세대이다. 아버지의 술잔은 절반이 눈물이었다고 기억하는 박시인은 자신이 아버지 모습을 닮아가는 세월에 이르고 있다는 타인들의 말에 아버지의 술잔처럼 절반의 눈물을 마신다는 시적 종결미가 아름답다.

타인의 슬픔도 껴안는 박시인의 인간애를 「바다로 간 천안함」에서 만나본다.

남자는 가슴으로 운다고 했든가 추측하건데 박시인은 2010년, 3월 26일백령도 근처 해상에서 해군의 초계함이 북한 잠수함 어뢰에 의해 격침되어 40명이 사망하고 6명이 실종된 그 아픈 역사적 사실을 시종자로 삼아 바다에서 아버지를 잃은 천안함 유족을 위로하는 역사적 사실을 자신의 일 인양 시어로 환기시킨다.

필자 또한 삼가고인의 명복을 빌면서 다음에 다가선다.

박시인은 생전에 엄마에게 못해 준 진주목걸이 캐러 바다로 갔다는 상상을 한다. 부부애와 동시에 아들로써의 효심이 그대로 드러나는 표현이다. 아버지가 화자가 되고 박시인이 전달자의 위치에서 아버지의 마음을 시어에 담은 기교는 신선하기까지 하다.

박시인은 오래전에 소천하신 아버지의 그리움을 천암함의 유족입장에 대입시켜 시인의 푸른 가슴에서 시인의 선친은 강인한 고래가 되어 유영하고 있으며 파란 꿈과 파아란 웃음을 가져다 줄 더 넓은 바다를 펼쳐 보이는 삶의 수호자로 환생시킨 메타포metaphor가 돋보인다.

5. 음악音樂과 자연自然을 사랑한 시인

시에 무슨 힘이 있을까만 명백한 것은 인간을 움직이는 힘이 있다는 말에 부정할 수는 없을 것이다.

에너지의 원천은 보이는 것에 대한 의미도 있지만 심층에 자리 잡은 무한 에너지는 정신의 원천을 이루는 보이지 않는 힘이 분명히 있다. 이를 무의식의 의미로 정리하면 깊은 어둠속에 담겨진 에너지는 가공할 능력을 발휘하는 힘이 있다고 말한다.

시의 특성은 뭐니 해도 감동이라는 정신작용이 작동할 때, 무한의 힘이 발휘된다고 가정하면 한 구절의 시가 좌우명이 될 때, 고난과 역경의 삶을 헤쳐 가는 동력動力을 갖게 된다. 때문에 시는 창조의 길이라는 의미가 된다. 창조는 존재가 드러나는 일이기 때문에 의미가 따라오고 무게 또한 실리는 것이다. 이점에서 시인은 상상으로 일군 창조에 가치가 빛나는 의미로 다가들 때 감동의 물살을 가져온다.

인간의 가슴을 울리는 감동이야말로 고귀한 창조의 이름, 시인이 된다는 필자의 강조이다. 시인은 상상의 나래를 펼칠 때,

비로소 이 세상에 없는 즐거움과 행복을 독자들에게 전달하는 기교를 사용하기도 하지만 결코 진실의 숲을 벗어나는 것이 아니라 오로지 꿈의 추구에 신명神明을 다해 시를 만든다.

박시인의 시를 읽으면 나이브하고 진지하면서도 섬세한 매력이 돋보이고 동심을 저격하는 인간애로 박시인의 시의 빛깔이 황혼 빛에 물들어 아름다울 수밖에 없음을 확인한다.

시인이 어찌 자연을 터치하지 않고, 시인이 어찌 동심을 지워버릴 수 있으랴, 그것은 불가不可하다. 무등산과 북한강을 터치한 박시인의 시어에서 발견이 가능하다.

> 산에 가면
> 제일 먼저 심호흡을 하세요
> 햇바람과 처음 나는 새소리를
> 곁들이세요
> 산길을 가도 돌아보지 마세요
> 지나간 건 아쉬워요
> 산 위에는 아무것도 없어요
> 빈 곳에서 빈 생각을 해봐요
> 가슴이 꽉 차요
> 두 팔을 바짝 들어 보세요
> 제일 높아요
> 천천히 터벅터벅 내려오세요
> 보지 못한 길이 있어요
> 산에 가서 툭툭 털고 심호흡을 하세요
> 빈 곳에서 가슴이 꽉 차요
> 제일 높아요
>
> - 「산에 가면」 전문

인간은 무지의 숲에서 빛을 찾아 헤매는 나그네의 행로가 일생이 된다. 그 길에서 장님처럼 터벅거리는 사람이 있는가하면 지혜를 앞세워 넉넉한 마음으로 걸어가는 사람이 있다. 이 차이는 바로 마음의 깨우침 유무有無에 있다. 욕망으로 마음을 가리면 앞이 보이지 않고 그것을 걷어내면 눈을 감았더라도 길이 보이는 법이다.

박시인의 시에는 도처에 맑은 정신이 깔려있다. 성경 야고보 1:15, 욕심이 잉태하면 죄를 낳고 죄가 장성한 즉 사망을 낳는다고 일 침 한다. 불가에서도 욕심을 걷으라는 말로 설법한다. 필자의 거창한? 어록이 '글 이전에 사람이 돼라'는 것이다. 시인의 자리는 가슴 맑은 시샘에서 길어 올려야 감동을 주는 시어가 되기 때문이다.

다시 말해 시를 쓰는 일은 수도修道하는 일과 같음이다.

박시인은 독자에게 산에 가면 일단은 심호흡을 하란다. 가슴에 설명 못할 응어리로 답답할 때 심호흡은 무엇을 의미 하는가, 평안과 비움을 가져다 준다. 지난 것은 아쉬움과 후회로 점철되었으니 삶의 길에서 뒤돌아보는 허망虛妄을 범하지 말란다.

이 한 구절에 우주만한 박시인의 경험철학이 내포되어있다. 두 팔을 바짝 들어 올리란다. 그리하면 제일 높단다. 이 동심어린 구절에서 필자는 시어의 무한한 에너지를 만난다. 시는 함축성, 난해성, 애매성을 도입해야 시의 맛이 나고 시인의 길에 이름을 더하게 된다는 점을 박종호 시인에게 전달한다.

박시인의 자연예찬 시어 중에 「북한 강」, 「강가에서」 등 에서도 박시인의 깊은 서정을 만날 수 있다.

6. 시인의 의식 조감鳥瞰

한편의 글에서는 작가의 생각을 알 수 있고, 한권의 책에서는 작가의 사상이나 미래를 위한 삶의 지표 혹은 의식의 모두를 조감鳥瞰할 수 있다는 점에서 심리적인 현상까지도 알 수 있게 된다. 왜냐하면 글은 곧 삶의 모든 것을 수용했을 때, 비로소 진솔하고 담백한 맛을 담을 수 있기 때문이다.

이런 견지에서 글은 곧 정신도精神圖라는 말을 헌사 할 수 있다.

박시인의 많은 분량의 시어들을 만나면서 문학적 출발은 비교적 늦은 나이에도 불구하고 안정감이 있고, 사물을 바라보는 시선에 긍정적인 메시지가 내포되어 따뜻한 감성이 도처에 출몰하는 사람향기를 만나게 된다. 이는 미래에 우뚝 설 박시인의 위치를 가늠할 수 있음이다.

작품 중에는 수필형식도 보이고 산문형식도 보이고 기독교 색채를 띤 자성自省도 보인다. 이 모든 사색이 박시인의 시적 기반이 되어 뇌수를 짜고 피를 찍어 쓴 시어들은 독자들에게 감동으로 전달될 것이다.

어느 작가이든지 만족한 탈고는 없다. 시는 생물이라서 꾸준한 관심만이 성장을 가져다준다.

"마태복음 11:28-29, 수고하고 무거운 짐진 자들아 다 내게로 오라 내가 너희를 쉬게 하리라 나는 마음이 온유하고 겸손하니 나의 멍에를 메고 내게 배우라 그러면 너희 마음이 쉼을 얻으리니" 박시인의 시어 속 구절이다. 박시인의 무한한 성장을 주님께 의탁하면서 시평을 닫는다.

깊은 성찰省察로 빚은 진주알 의식
- 김다현 시집 『사랑 참, 연습이 있었더라면』론

1. 시詩는 계량컵 없는 손맛이다

시는 자신을 표현하고 또한 자신만큼 쓴다고 주장한다. 시의 특성이 곧 개성의 기록일 때 자기라는 중심에서 크게 벗어나는 것이 아니기 때문이다. 시의 특성은 항상 자기로 돌아가는 길을 찾는 방랑이면서 방황의 끝에 돌아온 자기와의 대면에 가슴을 드러낼 수밖에 없다는 점이다. 시적 장치의 비유나 은유 혹은 온갖 시적 결과로 포장할지라도 그 껍질은 벗기면 알몸의 자기라는 대상과의 조우遭遇에 불과하다는 뜻이다. 결국은 진실과 만나게 되는 것이 시詩다.

시는 시인이 살고 있는 현실의 고뇌 혹은 미래를 바라보는 시선과 의식을 구성하고 있는 비밀이나 사상 등의 부유물을 수집하여 자기만의 성城을 구축하는 성공적인 시인도 있고 더러는 나열에 난감亂感으로 바라보는 허무함도 있을 수 있다. 그러나 어느 형태든지 시의 모습은 자기적인 모습이 진실일 경우에는 감동을 전달하게 된다. 그 이유는 어느 시인이든 최선을 다해 피를 찍어 시를 창조하기 때문이다.

시는 어머니의 손맛처럼 계량컵을 사용하지 않아도 맛깔스런 음식을 만드는 것일 뿐, 잘 쓰는 법을 아는 사람이 있다면 그것은 거짓말이다. 그저 절망을 희망이게 하는 역할에 충실하면 된다는 추상적인 설명이 나의 주장이다.

2. 시詩는 철학인가

철학Philosopy이란 어의語義는 지식을 사랑한다는 뜻이다. 지식은 우리네 삶에서 축적한 지식Knowledge을 의미한다. 인간의 역사는 탐구의 길을 개척하고 새로운 의미를 찾아 끝없는 도전의 방랑을 계속하면서 오디세이적인 모험의 궁극은 사랑하는 아내와 자식이 있는 고향 아티카로 돌아간다는 목적에 초점을 둘 것이다. 고향의 본질은 자신을 키워 준 공간에 대한 사랑을 의미한다. 인간은 고향을 떠나서도 살다가 고향으로 돌아가는 길에 시련과 어려움을 극복하는 목표에 최선을 다하는 삶의 궤적을 그리기도 한다. 여기서 고향은 형이상학적 의미도 요구된다. 자신의 본연을 벗어났다가 회복하려는 갈구이기도 하다. 장소의 고향이든 심연의 고향이든 우리는 그릇된 스스로를 함락시켜 시의 곧음으로 이끌어가야 하는 시인이기 때문이다.

철학이 시를 포용하는 것이 아니라 시가 철학을 수용하는 본질에서 시의 위상은 분명 과거의 그릇된 태도와 결별할 때 시詩는 우리 곁에서 꿈과 희망을 주는 메신저가 될 것이다.

이제 시의 고향에 당도하기까지 어떤 경로가 있었는지 울보 뚝寶 김다현 시인의 시도詩圖를 따라가 본다.

위선으로 가려진
어두운 현실에게 시위하며
에움길 돌아 청청한 봄볕을 이고
가지마다 벙그는 촉촉한 꽃봉오리는
침묵으로 세상을 밝히고 있구나

하얀 목련이여
들어도 들리지 않고
보아도 보이지 않을 무언의 영혼
고결한 화장세계에
켜켜이 쌓인 그리움은
순백의 사랑이라 고백하련다

달도 차면 기울고
꽃도 때가 되면 시드는 것이
자연의 섭리이기에
잠긴 마음의 빗장이 열리고
푸른 풀밭위에 평안함 내리듯

– 「고결한 하얀 목련」 일부

　시는 시인의 성정을 나타내는 거울이다. 김시인은 결곡한
세상을 꿈꾸는 자신을 한 떨기 고결한 하얀 목련에 시심을 실어
목련이 순백의 향을 머금은 것은 위선에 대한 시위이며 때로는
주변 온갖 말들에 진저리를 느껴서일까 목련의 촉촉한 꽃봉오
리에 침묵으로 세상을 밝힌다는 염원적 소망을 담아내고 있다.

인간의 부류는 대부분 둘의 유형으로 나뉘는데 하나는 자신보다 나은 사람을 시기하는 것이요 또 하나는 자신보다 나은 사람을 자랑스러워하는 것이다. 전자가 까르마Karma에 굴복되어 자존감이 결여된 경우라면 후자는 그와 정반대의 인격이다.

김시인은 세상의 부당함에 눈도 귀도 막고 싶은 현실을 발견하지만 본인의 성정性情을 잘 다스려 궁극에는 달도 차면 기울고 꽃도 때가 되면 시드는 것이 자연의 섭리라는 긍정적인 마음 챙김을 끌어내어 푸른 초장에서 마음을 열고 호흡을 가다듬는 정화로 거듭나는 지극히 아름다운 시심의 소유자임이 분명해진다.

> 잎새에 이는
> 바람은 길이 있을까
>
> 잡을 수 없는 바람에
> 걸어보지 못한 길
>
> 걷다 걷다가
> 넘어지고 일어나고
>
> 거침없이 자유로운
> 나의 바람길인 것을
>
> 꽃 피는 길에 청춘을 묻어
> 돌고 돌다 보니 내가 걷는 길
> 마음 안의 길임을
>
> ─「길 없는 길」전문

보이지 않는 마음 길을 김시인은 찾아 나선다. 영혼의 울림에 귀 기울이며 남들이 즐겨 찾는 쉬운 길을 버리고 걸어보지 못한 바람길로 들어선다. 1915년 The Atlantic Monhly 8월호에 발표된 로버트 프로스트RobW-ert frost의 「가지 않은 길The Road Not Taken」 내러티브narrative 시에는 단풍 든 두 갈래 길이 놓여 있는데 몸은 하나니 두 길을 다 볼 수는 없고 서운한 마음으로 한참 서서 잣나무 숲 속으로 접어드는 한쪽 길을 끝 간 데까지 바라보다가 하나의 길을 택하였는데 세월이 흘러 이야기하기를 "두 갈래 길이 숲속으로 나 있었다. 그래서 나는 사람이 덜 밟은 길을 택했고, 그것이 내 운명을 바꾸어 놓았다."라고 한다.

길은 인생에서 선택의 중요성을 의미하며 기회는 다시 돌아오지 않는다는 내러티브narrative 사인Sign을 심어놓고 다른 기회 하나를 포기할 수밖에 없던 것에 대한 회한에 관해 소박하지만 인상적인 시로 소싯적 교과서에도 실릴 만큼 친숙한 명시다. 김시인에게도 못지않은 성찰을 겸비한 시심을 만나게 된다. 바람길을 찾아 나서서 걷다가 넘어져도 일어서는 내심의 용기를 부여잡고 바람 길인 것을 알지만 청춘을 묻어서 기어코 당도하여 안식의 마음 길을 돌고 도는 허무를 감내하면서도 결국은 안도의 마음 길을 발견해 내는 지혜를 내포하고 있다. 「민들레 꽃」, 「백하등」, 「상처 난 단풍」, 「봉정암 오르는 길에」 등에서도 쉬운 길이 아닌 김시인 본인만의 성찰의 길을 추구하는 지혜를 선보이고 있다. 이는 일상적인 나긋한 시어의 배열이 아니라 불면의 밤을 기꺼이 감수한 깊이 있는 사색의 결과물이라 느껴진다.

3. 울보득보得寶 김다현 시인의 고고한 성품性稟

시는 시인의 거울이다. 거울 속에는 한 시인의 일생이 담겨 있고 수많은 사연이 녹아있기에 저마다의 개성을 갖고 있다. 시인은 시를 통해 자기의 희로애락을 표현하는 고백이 근간이 되어 상상이라는 기저基底에서 자신의 모든 이미지를 여백에 표현함으로써 독자는 한 번도 만나지 못한 시인의 시를 통해 울고 웃는 공감대를 형성하게 된다.

이제 조금 다른 느낌의 시를 만나본다.

잠 잊은 밤
구구한 사연 함께
창문 두드리는 빗소리
켜켜 쌓인 그리움
씻어내지 못하네

빛깔도
향기도
모양도 없는 마음 하나
들지도 놓지도 못하고
젖은 목소리 뒤로 한 채

비 오는 날
촛불 밝혀 쓰고 싶은 단 한 마디
'사랑해요'라고 쓰고 나니

내 가슴에 꽂히는 비
영롱한 그리움으로 파문이 이네

– 「비 오는 날」 전문

　시를 일러 애매성Ambiguity의 예술이라 말한다. 한용운 님의
「님의 침묵」에서 임은 조국, 부처님, 애인 등으로 바꾸어 이해
해도 무방하다. 위의 '사랑해요'라고 말하는 대상도 대주인지
부처님인지 애인인지 타국에 있는 자제인지 아니면 삼가 부모
님인지 정확하지는 않지만 모든 대상에 적용이 가능하다. '사랑
해요'라고 쓰고 나니 영롱한 그리움으로 파문이 인다는 귀결로
봐서는 공간상 거리가 유추된다. 시인은 이렇듯 밤을 밝혀 마음
하나 들어내지 못하는 헛헛한 그리움이란 여백을 마주한다.
이러한 여백이 넉넉할수록 시인의 표현은 능숙한 언어의 맛을
살릴 수 있는 고고함을 배가시킬 것이다.

4. 세계관이 뚜렷한 종교적 의상

　기독교인들은 하나님의 지극한 '사랑'이란 범주에서 구원을
향한 갈급함을 신앙으로 삼는다면, 울보亏寶 김다현 시인은 부처
님의 무한한 '자비'의 가피加被를 생에 중심에 두고 있음이 시어
곳곳에서 발견되는 것으로 미루어 시인의 사고 속에 담긴 종교
적 의상은 불가의 세계관이 뚜렷한 불자의 의상을 입고 있음이
명징하다.

불교를 동양철학이라는 카테고리 하에서 깊이를 이해하자면 탐욕貪慾이나 미혹迷惑 내지는 노기怒氣를 인간의 번뇌로 보고 이러한 망집적 번뇌는 나를 고집하기 때문이라는 해석이 타당하리라. 고苦, 무상無常, 비아非我의 이치를 깨달아 나의 것이라고 집착하고 요구하는 일들이 수행修行 정진의 지혜로 깨어져 망집이 사라질 때 비로소 나라는 오만과 내 것이란 욕심조차도 내려놓을 수 있는 해탈解脫의 경지이거나 열반涅槃의 경지에 도달하리라. 누구나 깨닫기만 하면 부처가 될 수 있다는 심오함을 앙모하며 진중한 삶을 엮어내는 시어를 만나보자.

관념과 시각
의식화 고착화시킨 자
누구?

골고루 잘 먹어
나를 바꿀지언정
남을 바꾸려 하지 마라
남 바꾸는데 백 년이요
나 바꾸는데 찰나로다

소중하게 공양하고
자기감정을 엮어나가
그래서 무심을 증득하면
그것이 해탈이고
무여 열반이다

행복은
성취함이 아닌
제대로 본다 함이요
자신을 제대로 보는 자
밖의 완성은 식은 죽 먹기다

– 「행복」 전문

  관념關念은 관심이라는 단순명사도 되지만 시인은 다른 의미의
이데아 또는 심리적 용어인 표상 내지는 마음의 내용 즉 의식
의 내용을 표현했다. 불자이니 집착의 관념, 선악의 관념이라는
식의 심적 현상이나 사람의 생각을 표현했으리라. 관념의식을
고착시킨 자가 누구? 라며 물음표를 이례적으로 사용함으로써
내면에 상당한 응징적 원성이 자리하고 있음도 알 수 있다. 이는
산업화로 물질이 우선시되는 현실에서 시인이 여러 가지 의식의
충돌 끝에 도출된 시어이리라. 남을 바꾸려는 백 년이란 숫자는
무한대 시간이라는 복선을 두고 있으며 이를 반면교사로 삼아
나를 바꾸는 찰나를 선택하는 경지를 보여 주고 있다.
  무릇 시인이란 도토리 한 톨이나 지는 꽃잎에도 진심으로
연민을 느끼며, 승리하는 순간 물러나서 이등을 앞세워 일등을
내어 주고, 그냥 자긍심만을 취하는 자이다. 시인은 어찌 보면
여백의 공포심에 머리를 조아려야 하는 천형의 길이고 그냥 모
두를 사랑하는 자세가 책무가 되는 수행의 길이다.
  내면이 가득한 울보亐寶 김다현 시인의 무심을 다음에서 만나
보자.

한가로이 저 뜰 앞에
나뒹구는 낙엽을 보자

꽃망울 터트린
용기 있는 진달래꽃
오가는 먹구름
마음 묶어 두지 않는
무심을 배우노라

– 「無心」 전문

시인은 결코 투사가 아니다. 현실을 개조하거나 혁명을 하는
행동이 아니라 현실의 아픔과 슬픔에 그냥 반응反應하는 노래를
시어로 부를 뿐이다. 김시인 역시 한가로이 나뒹구는 낙엽에서
심신의 자유함을 찾고 진달래가 망울을 터트리는 아픔에서 용기를
발견하며 변화무상한 자연에서 순리를 깨달아 무심無心을 추구
하여 결국은 마음의 평정에 도달하는 시인의 성찰에서 대견하다
못해 연민憐憫을 느낀다.

다음 시는 불교 색체가 묻어나는 시적 표현을 만나보자.

새벽 염불소리 장단 맞춰
또르르 똑
목탁소리 울림이
가슴 깊이 파고든다

말할 수 없는 아련한

그 무엇
울컥하는 이 느낌
감사한 새벽길입니다
부르지 않아도
오고 가는 것은 사계로
인연 따라왔다가는 것
또한 인생이겠지만

행복은
공짜로 주어지는 것이 아니기에
마음 찾는 노력과 관심에 있으리니
인생은 고해의 바다
파고를 친구 삼아 가는 이
풍파와 싸우며 헤쳐 나가는 이
파도치는 대로 흘러가는 이 모두

정답은 없는 여정 길
그래도
열망하는 행복을 꽃피우며
살아가야 할 인생이리라

– 「새벽을 열며」 전문

　시인은 예언의 노래를 부르거나 장식의 역할을 감당하는 미
상불未嘗不이거나 민감한 온도에 반응反應하는 존재일 뿐이다.
시어 속에 자신을 감추기도 하고 또는 완전히 드러내면서 자기
주장의 시어를 꾸미는 존재가 바로 시인이다. 시는 어찌 보면
성명서처럼 아주 드라이한 파탄의 문패로 둔갑하여 난해한 경우도

많은데 김다현 시인은 성정이 그러하듯 '또르르 똑' 새벽 염불하는 소리에도 울컥하는 울보의 순수성을 지니면서도 인연법에 따라 감사하는 마음 챙김을 인생이라고 표현하는 내공의 깊은 단계를 터득한 성찰을 가슴 밑동에 두고 고해의 바다인 인생에서 쉼 없이 닥쳐오는 파고를 내치지 않는 자존감을 앞세워 부서지면 부서지리라는 당당한 결기를 보인다. 언뜻 보기엔 도도한 인상이 차갑게 다가올 수도 있지만 가림막 일뿐 보이는 것만 보는 이들에겐 발견할 수 없는 가늠이 불가한 천생 시인이란 결론에 도달한다.

모든 작품에서 그렇듯 울보彑寶 김다현 시인은 궁극에서는 행복을 꽃피우려는 열망에 도달한다. 부드러워서 작은 바람에도 늘 좌충우돌할지언정 쉬 꺾이지 않는 갈대의 속성을 지닌 그런 시인이다. 「우리 님」, 「정진」, 「천년의 사랑」, 「그 자리」, 「공」, 「기도」, 「무엇을 찾는가」 등의 시에서도 불자로서의 마음자리를 돌아보고 남들과는 다른 자신만의 삶의 철학을 화두話頭로 삼아 불자이기에 앞서 지고지순한 여인의 합장合掌이 오롯이 녹아있음을 발견하게 된다.

5. 시적 특질에서의 절창絶唱

시인은 시 앞에 가장 정직한 말을 골라 독자의 가슴에 닿았을 때를 생각해서 여러 가지 메타포Metaphor를 사용하여 전달하는 임무를 갖는다.

그 내용에는 엄중한 교훈이 될 수도 있고 더러는 아름다움으로 이어져 온화한 미소로 다가오는 느낌도 될 수 있다. 예술은 항상 웃는 모습이 아니라 희로애락을 지닐 때 거기에 휴머니즘의 인간미가 수용되기 때문이다. 시를 쓰는 일은 스스로의 정신을 발굴하는 일이고 시를 통해 감동의 만족을 향수享受하려는 지적 탐구의 방편일 때가 많다. 시인의 의미Meaning구축과 독자를 위한 의의Significance 사이에 내재한 차이는 정신의 층위層位에 따라 다른 현상을 목도目睹하게 된다. 그러므로 시인과 독자의 시 이해의 접점이 완전한 일치를 구현하는 일로 시 앞에서 절절한 고민을 갖는 것이 수용미학受容美學의 문제점이다.

김시인의 다음 시를 보면 시의 절창絶唱을 만날 수 있다.

청정한 나의 詩는
사랑이라 새겼건만
따리꾼 가시에 찢기어 피눈물로 흩어지고

기막힌 나의 詩는
화목하자 외쳤건만
차디찬 가슴에 부딪혀
구순지난 어미 눈에 그림자로 앉는구나
장한 나의 詩는
주검을 마주한 순간에도 곁을 주었고
굽이굽이 아픈 시간에도 울어 주었거늘

– 중 략 –

사랑하자!
우리 사랑하자!
그렇게 그렇게 부비며 우리 사랑하자!

　　　－「詩는 소리로만 흩어지고」일부

　김시인은 詩의 자리에 청청한 자신을 대입시켜 놓고 온 누리에 사랑을 전달하려 하는 새김으로 무장했으나 아첨꾼의 덫에 걸려 피눈물이란 절창을 쏟아내는 반면 상식이 통하지 않는 기막힌 가족 간의 가교架橋역 자리에도 시를 놓고 구순九旬어머니 가슴에 대못 박지 말자고 화목을 외쳤으나 차디찬 가슴에 부딪혀 결빙結氷되어감을 절창絕唱하는 고독을 만난다. 그럼에도 김시인은 '사랑하자!'는 애원 같은 주문을 반복적으로 사용하면서 죽음 앞에서도 살아남게 된 기적을 시 덕분이라는 겸손에 당도한다. '고마운 시'라는 표현 역시 시인 자신을 향한 위로의 도구로 전환되는 역설적 외침으로 들린다. '그렇게 그렇게 비비며 살자'는 강한 임팩트Impact있는 시어가 허공에 부서지는 염불이 아니라 구순九旬 어머니의 주름진 얼굴에 엷은 미소라도 번지길 바라는 합장을 하게 한다.

　　약해지지 마
　　언제부터
　　그랬던 거 아니잖아
　　지금은 지금일 뿐
　　눈물짓는다고

달라지는 거 없잖니
모두 지나가는데

순간순간 들이쉬고 내쉬는
호흡 한 줌에
그저 감사하고 또 감사할 뿐
고뇌는 사바의 바탕이요
보살의 원천이자 자양분이오니
찰나인 오늘을
맘껏 사랑해야지

– 「약해지지 마」 전문

詩는 신명神明이다. 무속인이 신내림을 받을 때 잡은 댓줄에 접신接神이 되어야만 무아경지에 몰입하게 되고 더 강력한 접신으로 물이 오르면 맨발로 시퍼런 작두에 올라 겅중겅중 뛰게 되는 것을 보듯이 의식화의 집중으로 초점이 맞을 때라야 비로소 시 한편을 잉태하게 되고 단어 한자에도 몇 날 몇 밤 제 위치를 못 찾아 헤매다가 완성되거나 미완성으로 서랍 구석에 던져 두더라도 언젠가 초점이 모아지는 날이 오면 비로소 행복한 탈고를 경험하게 된다. 시인이라면 누구나 이러한 고통을 겪었으리라, 섬광閃光처럼 나타났다 사라지는 허무를. 시는 연속성이 없는 생물이라서 신기루와 같은 이미지를 재빠르게 붙잡는 길은 메모하는 습관뿐이다. 아무리 명석한 머리도 둔한 필을 능가하지 못함이라서 필자는 침대 머리맡에 연필과 메모지를 늘 두고 있다. 순간 기록을 위함이다. 그렇게 해서 도움이 되었냐고 묻는다면 단호히 그렇다고 답할 수 있다.

다음은 난해와는 거리가 먼 동심의 산물을 만나보자.

> 저마다
> 행복의 열쇠를
> 가지고 있다지만
> 불행하다 느끼는 건
> 그 문을 찾지 못한 것뿐입니다
>
> 인생이란
> 오늘은 내 안에 있지만
> 내일은 스스로 만들어 가는 것이기에
>
> 넘치도록 받는 사랑
> 마음에 저금해두렵니다
> 내가 힘들고 지칠 때마다
> 연금으로 조금씩 꺼내 보려구요
>
> – 「인생」 전문

김다현 시인의 시적 특질은 대부분 시인 자신 내면의 주인공과 조우하면서 존재의 책임감을 견고히 갖고 자존의 철갑을 두르고 산다. 타인의 시선과 비위를 의식하지 않는 직선을 향해가는 곧음의 정신이 곳곳에서 발견된다.

시인은 장사치가 아니라서 자신을 속이면서 불의와 타협할 필요는 없다. 어려운 일들과 부딪히면서 관계를 돌파하여 승리의 깃발을 직접 챙겨야 직성이 풀리는 냉철함도 보인다. 이는 시인이기에 스스로를 알고 매사 주인공에게 관하면서 실수보다는 완벽을 목표로 훈련되어 있는 김시인의 성정이 그대로 드러나는 것이 시의 특질特質이다. 누구에게나 행복 문을 열 수 있는 열쇠를 갖고 있음에도 열쇠는 사용하지 않고 불행하다고 우둔한 짓을 하냐는 교훈적 메시지가 강하다.

성경 마태복음 7장 7절에 보면 "구하라 그리하면 너희에게 주실 것이요, 찾으라 그리하면 찾아낼 것이요, 문을 두드리라 그리하면 너희에게 열릴 것이니" 여기서 구하는 것은 없을 때 구하는 것이고 찾는 것은 어디에 있는지 모를 때 찾는 것이고 두드리는 것은 막혔을 때 열려는 갈구라 생각한다. 김다현 시인은 모두 행복 문을 열 열쇠를 지니고 있음을 직시하고 있는 듯하다. 그러면서 인생은 누구도 아닌 스스로 만들어가는 것이란 원론적이지만 근간이 되는 순수에 돌입한다. 더욱이 힘들고 지칠 때마다 저금해 둔 사랑을 조금씩 연금처럼 꺼내어서 요긴한 자리를 채운다는 긍정적인 교훈으로 마무리한다.

'인생'에서 보듯이 김시인 자신도 마냥 행복한 것만은 아닌 것을 인지하고 있기에 행복하거나 기쁨이 넘칠 때마다 그 감사한 시간들을 기억 창고에 저장해 두었다가 불행이 닥쳤을 때 인생을 저버리거나 인연을 뭉개지 않고 좋았던 감정들을 조금씩 꺼내어 슬픔을 물타기로 살아낼 유비무환有備無患의 갑옷을 차려입은 견고한 내면이 드러난다.

「인생무상」, 「인생 여정」, 「주인 없는 바람」, 「인향 만리 백 년」, 「꿈꾸고 난 후」, 「꿈」 등에서도 공수래공수거空手來空手去인 인생은 한바탕 꿈이라는 불교佛敎의 가르침이 깊이 녹아있는 성찰을 만난다.

6. 문학 예술의 꽃 시낭송詩郞誦

　신이 걸작傑作을 허락하셨다면 거기에는 감내해야 할 가혹한 운명이 주어진다. 그릇의 크기에 따라 담아야 할 용량이 정해지는 이치와 같음이다.
　루브르 박물관에 가보면 1,500년경 이탈리아 화가인 레오나르도 다빈치가 피렌체의 부호富豪 '프란체스코 데 조콘다'의 부인 '엘리자 베스타'를 그린 초상화 「모나리자」를 볼 수 있다. 미완성임에도 수많은 발길과 눈길에 시달린다. 이유는 신비스러운 미소를 담은 명화이기 때문이리라. 사람도 타인의 눈길을 몰고 다니는 명품이 분명히 존재한다.
　내가 김시인을 수년 전 처음 만났을 때 같은 여성임에도 끌림을 느꼈던 기억이 선명하다. 한복을 단아하게 차려입고 고운 표정으로 낭송하던 시인, 목소리는 물론 그 귀품이 특별히 드러나 많은 문인들의 박수를 받는 것을 보았다. 그러하기에 김시인은 보편적인 사람보다 더 고독한 환경에 놓일 수밖에 없다는 결론에 다다른다. 본인도 인정함으로 깊은 시어를 낚는 정진이나 낭송이라는 매력에 빠지는 것일 수도 있겠다는 이해로 고개를 끄덕이게 된다. 시인의 길도 천형天刑인데 시낭송이라는 힘든 길까지 소화해 내는 달란트는 신神의 걸작傑作이어서 운명적으로 주어진 것이 아닐까 생각된다.

　다음 시에는 우리의 한글을 사랑하고, 낭송을 위해 어떤 시어를
마련했는지 또 얼마나 고독한 시간을 사랑했는지를 만나게 된다.

　　　휘는 도掏 요
　　　자는 원정元正 이요
　　　시호는 장헌영문예무인성명효대왕莊憲英文睿武仁聖明孝大王이요
　　　묘호는 나라를 태평성대로 이루었으니 그 이름 세종世宗이라

　　　백성들이 한문이 어려워 억울한 원성 하늘에 닿으니
　　　짐이
　　　보이지 않는 소리 보일 수 있도록
　　　음소문자로 만들어 주겠노라

　　　아!――
　　　달이 차고 달이 기운 밤들이 얼마였더냐
　　　거대한 명나라에 사멸될세라 고독함 우러러 이루었으니
　　　백성을 위한 '훈민정음'이라 부르라
　　　아음牙音은 어금닛소리다
　　　설음舌音은 혓소리
　　　순음純音은 입술소리 치음齒音은 잇소리
　　　후음喉音은 목구멍소리니 합이 스물여덟 자니라

　　　집현전 부제학 '최만리' 들거라
　　　'김문' '신석조' '정창손' 들거라

너희가 운서를 아느냐
사성 칠 음에 자모가 몇 자 더냐
정녕
짐이 만든 훈민정음을 오랑캐 짓이라 상소했단 말이냐
아니 '하위지' 그대까지
오-호 통재라
오-호 애재라

난계蘭溪(박연,호) 여
짐이 만든 편경을 울리시오
이 고독함이 사라지도록
난계蘭溪여
특 경特磬도 울려주시오

정소 공주야
물 한 동이 가져오너라
소갈 병에 가슴이 타는구나
한 치 앞도 볼 수가 없구나

- 「고독한 한 남자 (세종대왕)」 전문

  한글은 우리 고유의 민족 글이고 입 모양 아설순치후牙舌純齒喉를 본떠 자음을 만들었고 모음은 천지인天地人의 삼재三才를 기반으로 창제한 가장 과학적이라는 근거를 갖고 있다. 우주의 원리를 양성(·) 음성(ㅡ) 중성(ㅣ)의 결합에 의해 모음이 만들어졌으니.

세계에 유래 없는 우리글의 장점이다. 현실은 외래어의 홍수 속에 순수한 우리말이 묻혀가지만 우리 민족의 정신을 담고 있는 혼魂이라는데 이견은 없을 것이다.

프랑스가 독일에 침공 당했을 때 작가 '알퐁스 도테'는 「마지막 수업」에서 '하멜'선생이 차창 밖의 비둘기를 보면서 "내일이면 저 새들도 독일말로 울 것이다"라는 언급이 나온다. 민족의 혼魂을 지키는 언어의 사랑은 곧 애국이라는 등식이 성립할 만큼 지극히 자연스러운 것이다. 우리의 글을 늘 가까이하는 작가들이야말로 진정한 애국자란 생각이다. 필자가 욕심을 부려 보자면 작가들의 시어詩語 속에 순우리말이 제자리에 정확하게 활용되기를 소망한다. 울보ᄃ寶 김다현 시인은 건강상 이유로 죽음의 문턱도 넘나들어서일까 아니면 오롯이 부처님 법문에 삶을 접목시켜서일까 시 한 수마다 자신이 누군지를 탐색하는 철학이 내재되어 있고 나긋한 시인의 명패되신 성찰과 배려와 사랑이 함축된 언어로 숨어들어 시가 살아있다.

「고독한 한 남자」는 세종대왕을 말함인데 어리석은 백성들이 한문이 어려워 송사나 거래에서 억울한 일이 없도록 쉬운 음소문자를 만들어 반포한 역사적 진실을 터치하여 쓴 낭송 시로 보인다. 그 방대한 역사적 사실을 한정된 여백에 오롯이 살려 낼 수 있음을 보아도 김시인의 미래의 시작詩作 저력을 엿볼 수 있다.

'세종대왕'을 종자로 쓴 시라서 방방곡곡 널리 알려져 잊고 산 우리글이 창제되기까지의 고독했던 그 시간 속으로 떠나보길 기대하면서 시인의 다음 마음 하나를 엿보자.

평론 239

속살 벙 근 화엄 꽃
그대의 향기는
저울로 달 수 없다며
까만 구름 속에
얼굴을 묻고 속삭인다

모양도 수준도 없는
그 마음 하나 들지 못하고
놓지도 못했네

홀씨처럼 날아가
그대 심장에 박혔다고
잡힐 듯 잡히지 않는
별을 등에 지고
밤하늘 별을 등에 지고

주인 없는 바람결
한 걸음 다가서면
한 걸음 달아나는 님 그림자
사랑도 부끄러워
숨을 곳이 없어라
까만 밤 흐르는 달빛에
소리쳐 우는 바다 속 달님은
아름답게 누웠네

– 「마음 하나」 전문

시詩는 시인의 의식을 떠나서는 생명을 살릴 수 없다. 이 말은 시인의 삶과 개성 그리고 인연의 줄기가 어우러져 비로소 형상화된 의식이 형체를 갖추어야 하기 때문이다. 김다현 시인은 '들지도 놓지도 못 하는 마음 하나'로 표현되는 어떤 인연 때문에 마음 아파한다. '한 걸음 다가서면 한 걸음 달아나는 님' 때문에 시인 자신을 소리쳐 우는 망망대해 바다로 이미지화한다.

까만 밤에 시인을 이토록 아프게 하는 인연은 이승의 인연인지 저승의 인연인지 가늠은 쉽지 않지만 불교에서 인연因緣, 산스크리트어로 hetu-pratyaya로 말하데 그 이유가 뭘까? 인因은 인과 연을 생기게 하는 내적이고 직접적인 원인을 인因이라 하고, 외부에서 이를 돕는 간접적인 원인이 연緣이다. 일체의 존재는 모두 인연으로 생성되고 인연으로 멸滅하기에 생성과 소멸의 원리가 내재하는 것이다. 인과 연을 끊으면 열반涅槃에 도달할 수 있다. 하지만 살아있는 모든 생명은 인연륜因緣輪 그 바퀴의 돌고 도는 흐름에 의해 울고 웃는 삶이 진행되는 것이니 잡힐 듯 잡히지 않는 님이란 이름이 삼가 부모님이든 이승의 서방님이든 아니면 닿을 수 없는 이성이든, 인연이란 줄기에서 파생되는 아픔은 비단 울보丂寶 김다현 시인에게 국한된 것은 아니리라. 바로 그 아픔에 시의 영혼이 자리하고 시인은 그 영혼을 시어로 노래하여 스스로를 위로하는 주체가 된다.

「한바탕 꿈」, 「그들이 남긴 말」, 「뜬 눈으로 지샌 밤」, 「그 겨울엔」 등 모두 고백하고 싶은 떨림으로 다가온 인연의 줄기가 빚은 작품이다. 울보丂寶 김다현 시인은 불자인 만큼 누구보다도 인연의 귀함과 동시에 두려움을 간파看破하고 있으리라.

허망한 약속
바람에만 흔들릴까
그 무엇에도 곧잘 흔들려
떨리던 고독

향기 품은 꽃
탐스럽게 익어가는 열매
붉게 물든 단풍도
내 님의 사랑만 못 하더라

꿈을 꾸듯 입술에 핀 꽃
가을 모퉁이에 빼앗긴 청춘
다시 못 올 작금
천착하지 못하는 우둔함을 탓하랴

－「가을 물들이다」 전문

　김시인의 사랑가를 만나본다. 사랑의 정의는 수만 가지의 설명으로도 정리가 안 되는 이유라서 모든 사람은 사랑이라는 본능에 도전하는 위험을 감수한다. 그 결말은 공허할 수도 있고, 잡히는 것이 없을 수도 있지만 살아있는 한 사랑 속에 뛰어드는 불나비 같은 모험을 감행하려 한다. 그만큼 절실하고 필요성이 크기 때문일 것이고 저마다 사랑은 이것이다 저것이다며 다른 목소리를 내지만 성적표처럼 만족하지 못하거나 갈증을 느끼는 일이 다반사일 것이다. 사랑이 육체에서 나오든 정신에서 나오든지 그 위대성은 바로 모든 인생사나 예술 전반에 근간이 되는 것이 곧 사랑이기 때문이다.

　김시인은 고백한다. 허망한 약속이 바람뿐만 아니라 '그 무엇에도 곧잘 흔들린다'고 말한다. 이는 자존감 없는 얄팍한 시인이라면 차마 드러내지 못하는 시어詩語다. 깊이를 셈하지 않으면 자칫 다른 해석이 가능하겠지만 지극히 청정한 영혼의 소유자이기에 그 당당함에서 나오는 포효砲哮다. 향기 발하는 꽃도, 탐스런 열매도, 더 나아가 온 산천을 붉게 물들인 단풍조차도 '내 님의 사랑만 못 하더라'는 과거형으로 무아도취의 의미를 숨겨 둔다. 김시인은 그 입술에 꿈을 꾸듯 꽃이 피었다고 사랑을 노래한다. 그러면서 가을 모퉁이에서 빼앗긴 청춘을 아쉬워하며 다시 못 올 지금의 사랑을 왜 진작 꿰뚫어보지 못 했나라는 후회로 자신을 우둔한 자리에 두는 깨달음을 토로한다. 정녕 사랑을 사랑하고 사랑을 사랑해 본 시인만의 아쉬움이 아닐까 생각한다.

7. 심장에서 흘러나온 눈물들

　　　정화수 올리시고
　　　빌고 빌어 동트는 새벽
　　　마르지 않는 화수분은
　　　어머니의 눈물인가
　　　어느새
　　　은빛 머릿결
　　　한 뼘 더 굽은 허리
　　　세월 탓한들 무엇하리

대지의 이슬
모진 삶을 견뎌내신
구순의 눈썹에
보석처럼 열렸네

꽃망울 터지는 날
분 바르지 않아도
꽃 닮은 내 어머니

초로의 여식
이 죄스러움을
어디다 부릴 수 있을까

    -「구순 어머니」전문

  우리네 전통에는 기도가 투명한 의식을 암시할 경우로 이해
된다. 정한수 한 사발로 두 손을 비비며 정성을 올리는 일은
흔한 민속풍속의 장면이다. 자식을 위함이 가장 많을 것이고
가족 혹은 주변 권속眷屬을 위한 기도로써 주로 장독대 위나
정갈하고 고요한 장소에 물 한 그릇을 올려놓고, 이른 새벽 단정
히 세신洗身하시고 하늘에 기도가 닿는다는 영험을 확신하는 듯,
필자의 어머니도 화석인 양 한 자리에 서서 비시는 뒷모습을
소싯적에 여러 차례 목격했었다.
  지구상에서 가장 아름다운 단어가 어머니Mother라는 조사 결
과를 만난 적 있다. 어머니는 인간 앞에 보여 지는 신의 다른
이름이라고 필자는 주장한다. 물질이 모든 것을 제치고 우선

시되는 작금에 돈 때문에 부모를 서슴지 않고 살해하는 폐륜도 있지만 자식을 돈 때문에 살해하는 어머니는 아직 본 적이 없다. 필자가 생각하기엔 가장 어려운 시제가 '어머니'이다. 한때는 한 몸이었다 둘로 나뉘었건만 어머니는 퍼주어도 퍼 주어도 마르지 않는 화수분처럼 자식을 위해 희생하시는 모정은 신의 영역이라서 도무지 자식입장에서는 이해불가理解不可하다.

　슬픈 이야기로, 어느 남자가 여인을 만났는데 그 여인은 남자의 사랑을 시험하느라 어머니의 심장을 떼어오라고 주문한다. 사랑에 눈이 먼 남자는 자신의 어머니 심장을 떼어내어 여인에게 정신없이 뛰어가다 그만 넘어지는데 그때 땅에 떨어진 어머니 심장이 "얘야! 어디 다친 데 없니"라고 걱정을 한다. 이런 어머니를 어찌 시어로 다 표현한단 말인가?

　김시인이 모진 삶을 견디신 구순 어머니의 눈썹에 눈물이 보석처럼 열렸다고 표현하지만 그 무한하신 사랑에 대한 설명으로는 턱없이 부족하다. '은빛머릿결 한 뼘 더 굽은 허리 세월을 탓한 들 무엇 하리'라고도 표현했지만 이 또한 구순 어머니의 한 많은 세월을 위로 할 수는 없다. 울보亐寶 김다현 시인뿐만 아니라 어머니라는 시제는 허투루 시 한편에 닮아내기엔 어느 작가에게나 너무도 두려운 시제이기 때문이다. 마지막 행에 이 죄스러움을 어디에도 다 풀어놓을 수 없다는 고백을 했지만 아무리 최상의 것으로 섬겨도 어머니라는 시제는 가장 어려운 범주가 아닐 수 없다. '엄마와 딸' '우리 엄마' 등도 마찬가지로 어머니라는 두려운 시제 앞에는 모자람일 뿐이다.

　필자는 어머니라는 단어엔 이례적으로 예민함을 드러낼 수밖에 없는 이유라면 우리의 어머니들 세대는 모두가 한恨이란 말 외엔 설명이 불가하기 때문이다.

새벽부터 빗줄기는
하염없이 울고 있어요
무슨 사연이 그리도 무서운지
창문 넘어 듣자 하니 오열하네요

빗님이 아무리 하소연해도
내 귀엔 들리지 않는 걸 어쩌랍니까

이러면 안 되는데
나더러 어떡하라고
오늘은 당신의 딸 이쁜이가
달려가는 날인 줄 어찌 아셨을까

어젯밤 꿈속에 아버지랑
알콩달콩 참으로 행복하였네라
나는 갈 테야
나는 가야만 해

아버지께 달려가 꼬옥 끌어안고
부비부비 입맞춤으로 메마른 가슴에

촉촉한 사랑 적셔 드리면
예쁜 싹이 하나 트여 활짝 웃을 거예요

오늘 다가오는 고운 행복을
나는
꼭 놓치지 말아야 해요

　－「사랑하는 나의 아버지Ⅱ」전문

　러시아 태생 K.kandinsky는 "예술가는 모든 형태를 표현에 사용할 수 있다"라고 했다. 이 말은 예술의 가능성은 외적인 지배를 받는 것이 아니라 내부에서 느끼는 것들로 인식이 결합하여 표현으로 정리된다는 의미로 해석된다. 고향도 그렇고 부모도 그 범주에 속한다. 단지 언제 어떤 형태로 표현되냐 하는 지극히 작가 자신에게 전권이 있는 것이다.
　김시인은 아버지에 대한 정감이 넘치고 더 극대화할 애정표현의 시어가 부족해 자신을 이쁜이라는 애교 섞인 이름으로 바탕을 삼아, 알콩달콩이니 부비부비니 입맞춤이니라는 시어로 사랑을 전달한다. 이는 부녀간의 인연이 얼마나 깊고 그윽한지를 명징하게 보여 준다. 내일은 아버지에게 달려갈 마음으로 모든 일상을 미루었는데 어떻게 아셨는지 아버지는 여식의 꿈에 미리 나타나신다는 이심전심의 예지몽豫知夢까지 꾸게 되는, 비과학적이지만 현실로 일어날 만큼 돈독한 사랑을 보여 준다. 마지막 연에서는 아버지를 만나는 일을 고운행복이라 여기며 혹여 불가피한 사정이 생기더라도 달려가는 일에 중심을 두고야 말거라는 결의로 '꼭 놓치지 말아야 해요'라며 자신을 격려하는 마음 챙김에 이른다. 「아버지 Ⅲ」,「그리움 한 줌」,「아버지의 임종」,「아픔도 사랑」 등 아버지를 향한 효심이 남다른 시인이란 생각에 도달하면서 참으로 행복한 부녀지간을 만나게 된 가슴 벅참을 느낀다.

8. 창을 통해 만나는 가슴추억

릴케의 「말테의 수기」중에는 '추억을 살리기 위해서 사람은 먼저 나이를 먹지 않으면 안 되는 것인지 모른다.' 세월이 지나면 추억은 담장을 허물고 그리움으로 다가오는 것이 살아있는 사람들의 인지 능력인 것이다.

지난 것은 아픔조차도 모두 그리움이 되고 돌아갈 수 없다는 시간적 거리를 인정하게 되면 그 아득함에 애 졸이는 마음은 황혼으로 물든다. 그리움이 아름다움으로 포장되면 삶의 모습은 한층 무게를 갖는다. 보들레르는 '내 그리운 추억은 바위보다 무겁다'라고 고백했듯이 범인凡人이든 뛰어난 사람이든 추억 앞에선 모두가 가슴이 젖어드는 것이 이치다.

산 너머 저 너머
넘실넘실 봄꽃 따라
당신은 언제까지
기다리면 내게 오려나

성근 가지 내려앉은 햇살이
유난히도 눈부시는데

연가지 마디에 돋을 꽃잎 눈
소소리바람에 화들짝 놀라
부르르 떨며 숨죽인다

채 피우지 못한 마음의 꽃밭
영혼의 창문 활짝 열어
삶의 날갯짓으로 몸부림칠 때면
꽃이 진다고 당신을 잊을런가

내 안에 당신이 가장 빛나고
가장 뜨거운 심장이 사랑이었음을
강물이 세월 따라 흐르고 흐른 뒤
아직도 깊은 곳에 머물고 있네

오늘도
당신의 모든 것을 사랑하겠다며
햇살 따라가다가 노을을 만나
세월의 흔적조차 끌어 앉으려
먼 산 바라기로 마주 선 우체통
흐린 눈엔 그리움 방울방울

– 「기다리는 여심」 전문

인간은 각자 나름의 창을 가져야 한다. 자신만의 창을 통해서
지난 시간을 바라보는 한편 그 창을 통해서 먼 소식에 귀를 기울일

수 있다. 김시인은 추억을 반추함에 있어서 도시 속에 있기 보다는 전원적인 정서에 있다고 확신하는 듯 고요한 자연의 창으로 바라보는 마음 길이 환하다. 이는 부드러움이고, 칼날 같은 도시의 비정함에서는 그리움의 색채를 갖기 어렵다는 시인만의 철학이리라. 넘실거리는 봄꽃 길 따라오실 듯해 당신이란 이름을 기다리는데 언제면 내게 당도할 수 있냐고? 혹시 못 오면 어쩌지라는 조바심에 서성이게 되는 여리디여린 여심을 엿볼 수 있다. 김시인은 또 이렇게 반문한다. 영혼의 창문을 활짝 열어 삶의 날갯짓으로 몸부림치는데 꽃이 진다고 해서 당신을 어찌 잊을 수 있겠냐고, 시의 애매성曖昧性 Ambiguity으로 인정해볼 때 당신이라는 이름이 누구인지는 중요하지 않다. 가장 빛나고 가장 심장 뜨거운 이름으로 짐작하건대 가슴 깊은 밑동에 옹이처럼 석화된 그리움의 대상인 것만은 명징하다. 세월이 흐르고 또 흐른 지금까지도 잊지 못하는 그리움을 품고 사는 시인의 가슴이야말로 가장 빛나고 가장 뜨거운 심장을 지닌 여류시인이 아닐까 생각한다. 오늘 빨간 우체통 앞에 가면 고운 눈매에 진주알을 머금고 그리운 당신을 기다리는 여심을 만날 수 있을 것이다. 「그대는 내 사랑」, 「기다림」, 「사랑은 길들임이 아니라 물들이는 것」, 「사랑의 연습이 있었더라면」, 「사랑하는 사람아」, 「여자의 마음」 등에서도 잃어버린 추억 속에 그리움을 반추하는 여정을 만날 수 있다.

9. 에필로그 앞에서

울보ㅋ寶 김다현 시는 여러 종류의 시적 종자를 끌어들인 노력이 절절한 시어들로 구성되어 있다. 특히 두드러지는 이념은 관조觀照의 세계를 찾아 끝없는 성찰省察로 마음 챙김이란 가치에 시詩를 두고 불심佛心의 깊이가 시의 중심을 관류貫流하지만 그런 종교 색을 보이지 않으려 행간에 숨겨 두는 재능을 지닌 시인이다. 시詩와 불심佛心은 둘이 아니고 하나라는 표본을 삼으면서 인연법因緣法에 따라 맺어진 부모님 자식 제 3의 님들까지 시제로 삼아 자연의 시샘에서 길어 올렸기에 소박하면서 맑은 시어詩語들은 식상하지 않고 신선하다. 또한 그리움이나 기다림을 융합해 감각적인 시어를 구사하는 수준도 상당한 시인이다. 포용의 시적 치마폭이 넓고 깊어서 독자들을 감동으로 끌어안아 따스한 체온을 나누게 되리라 확신한다는 논지로 시평을 닫는다.

회상回想의 길에서 만나는 수채화
- 박남식 시인의 시와 시평

1. 할아버지의 초상肖像

　인간은 세월의 강을 지나면서 나이를 셈하지만 詩는 나이가 없다. 詩는 언제나 그 자리에서 존재의 형상을 말하는 길을 제시하고 감동의 펄럭임을 여일하게 설득한다.

　만약 詩가 나이에 비례하여 무게를 갖는다면 태어날 때 수염이 있는 염소처럼 언제나 할아버지의 역할을 할 것이지만 詩는 결코 나이와 상관이 없는 창조물이다. 다만 원숙圓熟이라는 깊이는 연륜과 깊은 상관을 갖는 것이 어쩌면 당연할 것이다.

　무르익었다는 말은 과일의 숙성을 의미하는 것이지만, 인간에게는 품성의 깊이와 인격의 향기 그리고 지성의 엄정성이 녹아들어 고매한 상태를 지칭하는 말로 대신할 수 있다. 詩가 넘치는 -그것도 잡탕으로 만든 섞어찌개 같은 -詩가 아닌 詩들이 난삽難澁하게 붐비는 현실에서 박남식 시인의 시는 본인만의 순수한 맛깔이 내포되어있고, 맑은 성정대로 청량감을 주는 삽상颯爽한 박 시인의 詩는 순수한 동심 그 자체이다.

예닐곱살 천둥벌거숭이 시절
아카시아 꽃 흐드러지던 뚝방

여름에는 숨바꼭질
가을에는 잔디동산
겨울에는 눈썰매장

정릉천과 청계천은
악동들의 자연놀이터

큰 장마 지나갈 때 마다
모래톱은 멋대로 넓어졌다가 좁아졌다가

개천의 징검다리는 무서운 다리
껑충 껑충 뛰어 건너던 형아 들

언제 어른이 될까
부러워하던 꼬마는

어느새
꿈 많던 시절을 그리워하는
할아버지가 되었다

　　　－「할아버지의 초상肖像」 전문

　이해가 쉽고 뜻이 명약관화(明若觀火)한 「할아버지의 초상」은
시인이 천둥벌거숭이 모습으로 사계절 놀이터로 삼았던 방죽길

(뚝방:경기, 경남 방언)의 추억으로 일흔이 넘은 시인의 가슴에 아련한 동심으로 자리하고 있음을 알 수 있다. 예닐곱 살 꼬마 눈에 듬성듬성 놓여 진 징검다리의 간격은 얼마나 넓고 두려워 보였을까?! 빨리 자라 저 형들처럼 껑충껑충 건널 수 있는 어른 되기를 소망했던 그 꼬마, 악동일리 없지만 악동으로 기억하고 있는 형아 들의 놀이터는 정릉천과 청계천이다. ─북한산 정릉 계곡에서 시작해 월곡동과 동대문구를 지나 청계천으로 합류 했던 하천이 정릉천이다. 비록 시적 장소가 서울이긴 하나 6·25 동존상잔으로 폐허가 된 배고픈 시절의 어린 기억을 시인은 파노라마 들추어 그 시절 장마철의 모래톱처럼 시인의 가슴에 쌓였다 흩어지는 회상이 시의 종자가 되어 독자들을 아련한 동 심으로 초대하는 셈이다. 흔한 경험일지라도 오래전에 추억은 우리 모두에게 진한 그리움이 되는 그 이치다.

2. 귀로歸路가 아닌, 귀로歸老

논어에 익자삼우益者三友 손자삼우損者三友는 충고와 비판도 할 줄 아는 필요성의 궤軌를 같이한다.

영국속담에 "친구의 실책에는 눈을 감으라, 그러나 악덕에는 눈을 감지 말라"는 말이 서로 상통하는 것은 동서양을 막론하고 친구와 좋은 관계로 살아가기 위한 고언일 것이다. 모두에게 속하는 비유는 아니겠으나 좋은 친구를 만나기 어려운 것은 자기 성찰의 부족함이고 자기를 진정으로 사랑한다는 것은 비난을 받아들이려는 정신이 살아있을 때, 비로소 가능한 예화일 것이다.

─詩의 이미지는 세 가지로 분류한다. 시인이 원래 작품 속에 표현하고자 하는 의도적 의미(intentional meaning)와 작품 속에 실제로 표현하고자 하는 의미(actual meaning) 그리고 독자가 해석한 의미(significance)로 나뉘지만 셋이 일치하는 것은 아니다. 한용운 님의 님을 조국, 임, 그리고 부처님으로 해석하는 이치와 같다. 시는 애매성(ambiguity)을 본질로 삼는 것이기 때문이다.

> 산비둘기 꾸우 꾸우
> 짝 찾아 부르는 소리가 정겨운
>
> 모깃불 타오르는 연기
> 바람따라 나들이 다니는
>
> 소꿉동무 모여 앉아
> 막걸리 잔에 정 담아 나누며
>
> 황토 물든 무명 옷 입고
> 콩서리 하던 무용담
>
> 별 무리지어 총 총 총
> 보석처럼 반짝거린다
> 번개처럼 내달리던 별똥 별 하나
> 감나무 뒤로 숨었다
> 굵은 주름에 환한 웃음
> 은발이 어울리는 고향 친구
>
> ─「귀로」 전문

박남식 시인은 수필가이자 시인이다. 급랭한 얼음처럼 투명한 영혼을 지녔고, 유머가 수준 높아서 함께하는 누구든지 해피바이러스처럼 인향을 퍼트려 모두를 기분 좋게 하는 인간애 두터운 시인이다.

詩는 그 시인을 닮고 그 시인만큼 쓴다. 고향친구와 막걸리 잔을 기울이며 산비둘기 꾸우꾸우 사랑 찾는다는 전원의 어느 장소에서 서로의 은발이 잘 어울린다며 자자한 웃음소리 −모깃불로 타오르는 별빛 총총한 시간을 반추하는 풍경을 보여준다. 詩를 한 자 한자 해체해 놓아도 더 이상은 맑을 수 없는 시어를 구축하는 것이 박 시인의 시적특질이다.

3. 담쟁이 연가

　　　안타까운 인연들이
　　　속절없이 나뒹군다

　　　오늘날 불볕더위에
　　　연두색 꿈 초록으로 영글어

　　　어제 곱게 타오르던 단풍

　　　거친 세월 비바람에 시달리다 시달리다
　　　이승의 인연 아쉬워 소복히 쌓였더니

정성으로 키운 열매 어디가고
앙상한 몰골만 남았나

우리네 인생

        - 「담쟁이 연가」 전문

  판단이 늙지 않으면 나이가 많아도 젊은이와 같다. 비록 육신은
약해졌을지라도 정신이 깨끗하고 청담淸潭한 모습에는 더욱
원숙하고 온후한 덕망을 발견하게 되기 때문이다.
  박남식 시인의 「담쟁이 연가」는 우리네 인생을 담쟁이에 실
어서 어제와 다르게 가을이 지나면 사라지는 담쟁이의 앙상한
몰골을 -거친 세파에 시달리는 우리네 인생을 닮았다는 메타포
를 시의 중심으로 삼았다. 담'쟁이' -'쟁이'란 말의 사전적 의미
는 어떤 사람의 성향이나 직업, 행동 등을 나타내는 말 뒤에 붙여
그러한 특성을 가진 사람을 낮추어 부르는 말이다. 즉 사람에게
붙여지는 말이 덩굴나무에 '쟁이'라는 말을 붙여서 마치 어떤
사람을 부르듯이 의인화시켜 부르는 것은 상당히 이채롭다 생
각할 것이다.
  필자가 생각하기로는 담이 높다란 집에 사는 아낙네들이 밖을
보고 싶은 마음에, 그리고 그 안을 들여다보고 싶은 사람들의
부러운 마음이 투영된 이름이 아닌가 싶다.
  박시인은 뿌리를 흡반으로 변형시켜서 높은 곳까지 올라갈
수 있는 담쟁이의 성질을 거친 세월을 꺼이꺼이 살아낸 인생에
비유했다. 담쟁이는 모람처럼 먹을거리도 없었고, 송악처럼

대나무 딱총의 총알로 사용할 수 있는 열매도 없지만 높은 담을 타고 넘을 때나 서로 엉키어 잎과 열매를 이루어 내는 고난과 인내를 가르쳐 주는 식물이기에 시인은 시 종자로 삼은 것이리라.

시의 허용범위인 난해성이나 비틀기도 시도해 보시라 권하면서 시인의 맑고 동심어린 시적여정에 문운이 이어지길 소망하면서 시평을 닫는다.

– 『문학한국』 2021년 10월호 '10월의 시와 시평'

영원한 소녀인 시인의 자화상自畵像
– 송원 강신덕 시인의 시와 시평

1. 어둠을 승화시킨 시적 기교技巧

시인마다 지향하는 시적공간이 따로 있다. 어떤 시인은 밝은 곳을 지향하고 또 다른 시인은 피하고 싶은 은신隱身의 시적공간을 지닌다. 이는 성품의 차이이거나 개성으로 정리되는 현상일 것이다. 송원 강신덕 시인의 시적 지향은 그의 고요한 성정대로 자신만의 아린경험일지라도 잔잔한 여운으로 승화시켜 어둠을 밝음으로 이끌어내려는 시적 기교技巧가 상당하다. 동족상잔의 아픔인 6·25를 겪은 기억은 시인의 소녀감성에 크나큰 정신적 충격이 가해져 산수傘壽(80세)에 다다른 이 세월에도 그 격랑의 상황은 지워지지 않고 오히려 사랑하던 이들의 넋을 위로하는 레퀴엠Requiem이 되어 시로 승화되는 현상을 목도하게 한다. 시인의 「핏빛 철길」에서 그 날의 아우성을 들어보자.

> 신이 빚은 사계四季
> 눈감아도 보이는 수채화들
> 따스한 봄날엔
> 저 머언 파도 소리 들으며

아지랑이에 실려 나비로 날고 싶었지

사방 폭격이 휩쓸던 그날
오간데 없이 도둑맞은 한 굴곡
아직도 귓가에 들리는
사랑하던 이들의 아우성은
누구의 명백한 잘못이든가

쪽빛 하늘에 달님 뜨면
달님 안은 강물엔
넘실넘실 춤사위 펼쳐지고
별들의 속삭임 들으며
낙엽 밟던 평화로운 어느 시간

세찬바람 속 날아든 포탄에
추위에 떨다 온통 찢기어
쓰러져간 슬픈 넋들의 울음은
싸락눈 소복하던
그 철길에 핏빛 눈물로 고였지

 ―「핏빛 철길」전문

　1연에서는 ―눈감아도 수채화처럼 아름답게 펼쳐지는 사계절
을 노래하며 아지랑이 피어나는 어느 봄날 나비되어 날고 싶은
아름다운 소녀의 무지개꿈이 그려지는 평화로운 일상이 한 폭의
수채화로 그려진다. 그러다 2연에서는 ―사방에서 날아드는

폭격으로 죽음을 직면한 아우성이 극에 달하고 시인은 누구의 잘못이었든지 그 상황을 도둑맞은 굴곡이라 표현하는 시적 능숙함을 보인다. 아마도 도둑맞은 때가 1950년 6월 25일 일요일이 아니었을까 유추해 본다.

시간이 좀 흘렀을까? 3연에서는 쪽빛이라는 맑은 색체를 도입하여 하늘을 그리고 강물에는 달빛이 넘실넘실 춤추고 총총한 별들의 속삭임에 귀를 기울이는 평화로운 시간이 그려지다가 다시 4연에서 반전이 일어나는 시적 탄력과 긴장을 보여준다. −세찬 바람에 날아든 포탄, 찢기어 쓰러져간 슬픈 넋들을 시인은 기억 속에서 불러내어 위로한다. 싸락눈 소복하던 피난의 철길엔 핏빛눈물이 고였다고 시인은 회상한다. 1950년대는 상실감을 넘어 죽지 않고 살 수 있을까라는 한계상황 앞에 절망의 신음 외에 더 무엇이 있었을까. 기대할 곳도 누구를 붙잡고 도움을 청해 볼 그 어느 것도 모두가 매몰된 극한 상황을 여린 감성의 시인이 목도하였기에 그의 시에는 전쟁의 전율이 곳곳에 숨겨져 있어 수준 높은 독자라면 발견하여 깊이 공감하리라.

2. 은행잎에 반추된 시인의 성정性情

한 사람의 시인에게는 우주의 숨소리가 담겨있고 그의 체취와 삶의 조화에서 시의 정서가 생명으로 태어난다. 다시 말해서 자연에 반응하는 시인의 시적 정서와 분리되지 않고 하나로 통합될 때 비로소 생동하는 이미지를 구축하는 조화미에 이를 수 있게 된다는 뜻이다.

　시는 자연과 시인이 어떻게 대화의 창구를 확보하는가의 여부에서 의미의 숲을 형성하게 된다는 뜻으로 이해해도 된다. 시는 결국 존재의 모양을 이미지로 구축하는 성城 쌓기를 바라보는 일 ―시인의 개성을 만나는 일이 된다. 한편의 시는 그런 삶의 파노라마를 만나는 관람 ―독자의 반응인 수용미학은 여기서 시작된다.

　송원 강신덕 시인의 시는 의식의 뼈가 있다. 그의 심성에 바탕이 된 선善한 감수성이 詩와 결합하여 표현미를 획득하는 결과로 인식을 심는 애달픔의 골목이 아슬아슬 펼쳐 보이는 것도 사실이다. 「가로수 은행잎」에서 시인의 선한 소녀감성을 만나 보자.

　　　수줍은 줄기틈새
　　　봄 햇살 안은 채 파르르 떨다
　　　뒤늦은 천둥소리에 화들짝 놀라네요
　　　한여름 무더위에 부채되려다
　　　번갯불에 잎이 두 쪽 나 버렸네요

　　　푸른 부챗살 펴고
　　　지나는 길손 그늘 만들어 주고
　　　달뜨고 해 뜰 때는 기도를 하죠
　　　나비되어 날고 싶다고

　　　길목 가로등 환한

청 빛 하늘아래 소복이 모여
속삭이는 노랑나비들
찬바람 이는 늦가을 어린 목소리들 이죠

가로등 불빛아래
열매로 토닥이다 지쳐 작은 날개 폈네요
올망졸망 모여 앉은 노랑나비들
아직 어미젖 그리운 어린 나비죠
가슴에 안기고 싶은 몸짓이 슬퍼 보이네요

― 「가로수 은행잎」 전문

송원 강신덕 시인의 시를 일별하면 자연에서 얻은 시적리듬이
순수한 동심으로 환기된다하겠다. 1연에서 "봄 햇살에 파르르
떨다"라든지 "화들짝 놀라네요"라든지 "두 쪽 나 버렸네요"는
모두 은행잎을 투시한 표현들인데 강시인의 나이를 모른다면
필시 통통 튀는 어느 소녀의 표현처럼 맑고 곱다. 시인들이
지난 한 시의 여정을 계속 걸어 가다보면 자신도 모르게 점점
동심으로 향하는 시심을 만나게 되는 것이 정석이다. 이는 선
함을 추구하고 배려와 포용을 앞세운 시인이라면 누구나 겪는
과정인 셈이다. 2연에서는 지나가는 길손 그늘을 만들어 주려고,
나비되어 날게 해 달라는 기도를 하려고, 은행은 푸른 잎을
활짝 폈다는 표현은 독자로 하여금 삽상한 시적 맛을 느끼게
하기에 충분하다하겠다. 3연에서 시인은 소복하게 모인 은행
잎에서 어린 목소리를 듣는다. 성정이 아름다운 강시인은 4연

에서는 궁극적으로 어미젖이 그립고, 어미 품이 그리운 어린 나비들의 몸짓이 슬퍼 보인다는 표현으로 시를 마감한다. 강 시인의 시는 이렇듯 맛이 고아高雅하다. 다시 말하면 시는 그 시인의 성정만큼 시를 쓴다는 사실이 명징한 이유이다.

3. 달고 깊지만 아린 詩 맛

여러 시인들의 맛을 감별하다보면 정작 맛을 감식할 수 없는 경우가 있다. 마치 음식점은 많지만 독특한 맛 집은 희소한 것과 같은 이치가 시에도 적용된다. 맛있는 시를 만나는 것은 행복한 입맛을 찾은 기쁨이 크다. 송원 강시인의 시어는 아리긴 하지만 끝까지 신선하고 맛있다. 이는 언어감각의 독특성에서 시발始發 되면서 언어운용에 그만의 개성을 담보하고 있다는 뜻이 된다. 더욱이 삶의 궤적 중 무거운 시간을 조명하면서도 칙칙하지 않고 인간애가 기반인 다정함을 내면으로 소화하는 시화詩化의 묘미도 시를 맛나게 구사하는 재능으로 보고 싶다. 시인이 지은 「보리밥」을 맛보러 가자.

> 하이얀 쌀밥에 보리알들
> 반가워라 저 보리알들
> 지금은 마음껏 먹을 수 있는데
> 왜 울컥 눈물이 나는 걸까

어릴 적 기어코 배 채우려
바닥까지 파고들었던
회갈색 보리 밥 그릇
그 때엔 훔쳐서라도 먹어야했지

그 시절 하 뒤숭숭 하여
날 새면 또 어디로 가야 하나
주인의 부드럽던 미소엔
그냥 소리 내어 울었었지

언 발 동동 포탄 피한 철길
동족끼리 빚은 뼈아픈 기억들
헤집는 일흔 해 세월은
보리밥 앞에 목 메이는 하소뿐

　　－「보리밥」 전문

　현학적이지 않아서 해설이 필요치 않는 「보리밥」은 강시인에 시적 기저基底에 아리게 깔린 6·25의 참상이 순수하게 그려 진다.
　강산이 일곱 번이나 바뀐 지금, 건강상 섞어 먹는 보리알에도 그 시절의 기억은 시인의 눈시울을 젖게 하는 목 메임으로 고스 란히 소환된다.
　시는 산자의 기록이다. 이 명제는 죽은 자는 시를 쓸 수 없다는 말로 대신할 수 있을 것이다. 전쟁의 포화 속에서, 엄동의 피난 시절 처절한 배고픔 속에서도 살아남았다는 것은 감사함과 더불어 덤으로 얻은 삶이라 여기며 죽은 자의 몫까지 잘 살아야하는 미션이라는 것을 강시인은 몸소 실천하고 있다는 명징한 증명으로 시어 깊숙이 −먼저 간 넋들을 위로하는 진혼곡을 시 종자로 삼고 있음이다. 필자도 먼저 간 선혈의 넋에 삼가 조아리면서 누구보다 아름다운 송원 강신덕 시인이 추구하는 시적 여정에 아린기운은 걷히고 문운만이 환하게 비춰길 기도하면서 시평의 소임을 마감한다.

−『현대계간문학』 2021년 12월호 '이 계절의 시와 평론'